**SHORT CLASSICS**
短经典精选

WHAT WE TALK ABOUT WHEN WE TALK ABOUT ANNE FRANK
―――― Nathan Englander ――――

# 当我们谈论安妮·弗兰克时
# 我们谈论什么

〔美〕内森·英格兰德 著  李天奇 译

人民文学出版社
PEOPLE'S LITERATURE PUBLISHING HOUSE

著作权合同登记号　图字 01 - 2023 - 3112

Nathan Englander
WHAT WE TALK ABOUT WHEN WE TALK ABOUT ANNE FRANK

Copyright © 2012 by Nathan Englander
This edition arranged with THE MARSH AGENCY LTD through Big Apple Agency, Inc., Labuan, Malaysia.
Simplified Chinese edition copyright © 2023 by Shanghai 99 Readers' Culture Co., Ltd.
All rights reserved.

图书在版编目(CIP)数据

当我们谈论安妮·弗兰克时我们谈论什么/(美)内森·英格兰德著;李天奇译.—北京:人民文学出版社,2023(2025.1 重印)
(短经典精选)
ISBN 978-7-02-018150-6

Ⅰ.①当⋯　Ⅱ.①内⋯ ②李⋯　Ⅲ.①短篇小说-小说集-美国-现代　Ⅳ.①I712.45

中国国家版本馆 CIP 数据核字(2023)第 155158 号

| 总策划 | 黄育海 |
|---|---|
| 责任编辑 | 卜艳冰　骆玉龙 |

| 出版发行 | 人民文学出版社 |
|---|---|
| 社　　址 | 北京市朝内大街 166 号 |
| 邮政编码 | 100705 |

| 印　　刷 | 凸版艺彩(东莞)印刷有限公司 |
|---|---|
| 经　　销 | 全国新华书店等 |

| 开　　本 | 889 毫米×1194 毫米　1/32 |
|---|---|
| 印　　张 | 7 |
| 字　　数 | 144 千字 |
| 版　　次 | 2023 年 10 月北京第 1 版 |
| 印　　次 | 2025 年 1 月第 2 次印刷 |

| 书　　号 | 978-7-02-018150-6 |
|---|---|
| 定　　价 | 59.00 元 |

如有印装质量问题,请与本社图书销售中心调换。电话:010 - 65233595

**SHORT CLASSICS**
短经典精选

献给蕾切尔·E.西尔弗

# 目录

001 | 当我们谈论安妮·弗兰克时我们谈论什么
038 | 姐妹山
080 | 我们是怎样为布鲁姆一家报了仇
104 | 窥视秀
120 | 关于我母亲的家族,我所了解的一切
143 | 日落营
172 | 读者
193 | 送给年轻寡妇的免费水果

## 当我们谈论安妮·弗兰克时我们谈论什么

进了我家还没十分钟,马克就对以色列军事占领问题发表了长篇大论。他和劳伦现在住在耶路撒冷,从那儿来的人都觉得自己有权利对这件事发表看法。

马克一副坚忍的表情,不停地点着头。"如果我们那儿也有你们南佛罗里达的这些东西……"他半途收了声,"就是嘛,"他说,又开始点头,"那我们可就高枕无忧了。"

"可是我们有的你们也都有啊,"我对他说,"不管是什么。阳光和棕榈树,犹太老头,柑橘,世上最差劲的司机。要说现在,"我说,"我们这儿的以色列人恐怕比你们还多。"黛比,我的老婆,把一只手搭到了我胳膊上。这是她的信号,意思是嫌我说话怪里怪气,或者不该打断别人,或者不该说这么私人的事,再要不然就是开的玩笑不合时宜。这动作就是对我的警告。这动作出现得如此频繁,我真奇怪她竟然还有放开我的时候。

"是啊,现在你们也什么都有了,"马克说,"包括恐怖分子。"

我看向劳伦。她是我老婆的朋友,是理应站出来主持大局的人。但劳伦可没给她老公发出任何信号。她和马克二十年前跑到以色列,加入了犹太教底下的哈西德一派,在公开场合绝对不会触碰彼此。就算是为了救场也不行。就算是为了救火也不行。

"穆罕默德·阿塔①在'九·一一'以前不就住在这里吗?"马克说,抬手在空中点来点去,"犹太人、犹太人、犹太人——阿塔。你们这儿的人怎么就没认出他来呢?"

"不是这儿,是城里另一头。"我说。

"我就是这个意思。这就是你们有我们没有的东西:城里另一头。道路上反向通行的对侧。无穷无尽的空间。"他伸手摸着我们厨房里的花岗岩台面,目光穿过起居室和餐厅,越过厨房的窗户,望着外面的游泳池。"这么大的房子,"他说,"只有一个儿子?你能想象得到吗?"

"不能。"劳伦说。她转向我们,补充说明:"你们真该看看我们家,看看有十个孩子是什么样。"

"十个孩子,"我说,"如果是在美国,我们会让你上真人秀,帮你们找个更大的房子。"

拽我袖子的那只手又回来了。"照片呢,"黛比说,"让我看看你家的姑娘们。"劳伦进客房去拿她的手袋,我们都跟在后面。

"你能相信吗?"马克说,"十个女孩!"他说这话的口气让我头一次对这家伙有了点好感,觉得也许不该这么快就对他下结论。

---

① 埃及恐怖分子,基地组织成员,"九·一一"事件中数名劫机者的领袖,操纵美国航空十一号班机第一个撞向纽约世贸中心北楼。

...

托 Facebook 网站和 Skype 软件的福，黛比和劳伦时隔多年又联系上了。她们从小就黏在一起，亲密无间地长大，学生时代总是同校，一起上过犹太女子中学和纽约皇后区的高中，毕业后又每天结伴坐地铁去曼哈顿中心站。她们一直是最好的朋友，直到我娶了黛比，让她脱离教会。不久之后劳伦就遇到马克，两人一起去了圣地，从东正教徒变成了超东正教徒——我总觉得这名字像种经过重新包装的清洁剂："超·东正教"，深层治愈能量，全新上市。结果他们的名字就改成了肖沙娜和耶鲁哈姆。黛比真这么叫。我可不会把这种名字念出来。

"你再喝点什么吧？"我提议道，"罐装可乐？"

"'你'，哪个你？"马克说。

"你们俩，"我说，"我还有威士忌。威士忌也算符合教规，没错吧？"

"就算不是，我也能按教规净化它，很快就好。"他说，装得平易近人。然后他摘下头上那顶巨大的黑帽子，一屁股陷进了客房的沙发里。

劳伦拨开百叶窗望着外面的院子。"两个来自福利斯特·希尔斯高中的小女孩，"她说，"谁能想到有一天我们会成为母亲，孩子也都成人了！"

"特雷弗十六岁，"黛比说，"也许你觉得他已成人了，他也觉得自己是大人了——我们可不那么想。"

"好吧,"劳伦说,"谁能想到我们会有小孩?对他们来说,后院里有椰子熟透了掉下来、有蜥蜴在墙上爬都是很普通的事。"

就在这时,特雷弗晃晃悠悠地走进了客房,一米八的个子突然冒了出来,格子呢睡裤的裤脚拖在地板上,T恤上全是洞。他刚起床,显然搞不清楚自己是不是还在做梦。我们告诉过他有客人要来。特雷弗瞪着面前的男人,男人穿着黑色西装,胡子长得拖到了肚子上。而劳伦呢,嗯,我以前见过她一面,在黛比和我结婚之前。但现在她生了十个女儿,又吃了无数顿安息日晚宴——怎么说呢,她是个大块头,穿着很难看的裙子,还戴着一顶巨大的玛丽莲·梦露式假发。看见这么两个人站在门口,我得说我自己也被吓到了。至于我儿子,他不会掩饰自己的表情。

"嘿。"他说。

黛比扑了上去,拽平他的衣服,梳齐他的头发,抱了他一下。"特雷弗,这是我小时候最好的朋友,"她说,"这位是肖沙娜,这位是……"

"马克。"我说。

"耶鲁哈姆。"马克说,伸出一只手。特雷弗和他握了手,又礼貌地把手伸向劳伦。她低头看了看他的手,让它就在空中那么悬着——等人来握。

"我不跟人握手,"她说,"但我很高兴能见到你。就像见到我自己的儿子,我说真的。"她说,然后就那么哭了起来,真哭。她和黛比抱在一起，黛比也哭了。至于男人，我们就那么站着，然后马克看了眼手表，很有男子气概地使劲拍了下特雷弗的肩膀。

"周日睡到下午三点？天啊，真是让人怀念的日子，"马克说，"真是个还皱着包皮的典型小毛头。"特雷弗看着我，我想冲他耸肩，但马克正看着我们，我就没动。特雷弗用他最锐利的青春期眼神瞪了我们一眼，溜出房间。他一边靠着边走，一边说："篮球训练。"然后他拿上我挂在门边的车钥匙，进了车库。

"车里还有油。"我说。

"这儿十六岁就能开车？"马克说，"简直疯了。"

...

"所以过了这么多年，"我说，"你们是怎么想起要回来的？"黛比离我太远，抓不着我的胳膊，但她的表情说明了一切。"我是不是明知故问了？"我说，"哎呀，黛比之前肯定告诉过我。她说过了，一定的。是我的错。"

"我妈，"马克说，"她身体越来越差了。我爸也老了——本来每年住棚节①他们都会去我们那儿。你知道住棚节吧？"

"我知道你们那些节日。"我说。

---

① 犹太教三大节日之一，在每年秋季举行，持续七到九天。

005

"以前都是他们飞到我们那儿去，住棚节和逾越节①都去。但他们现在飞不了了，我只能趁他们身体还好多回来几次。我们上次回美国还是……"

"哦，天哪，"劳伦说，"我都不敢想有多久了。十年多了吧，十二年了，"她说，"上次还是十二年以前。有了孩子以后我们根本回不来，只能等到她们几个长大，能够彼此照应。这么长时间了，这大概是……"她扑通一声坐到了沙发上，"这大概还是我第一次在没有小孩的地方待着。哦，天啊，我是说真的。感觉真奇怪，我都有点晕了。——也不是晕了，"她说着又站起来，相当孩子气地转了个圈，"我是说，我整个人都轻飘飘的。"

"你是怎么做到的？"黛比说，"十个孩子？快给我讲讲，我真想知道。"

我突然想了起来。"我忘了给你倒酒。"我对马克说。

"没错，给他喝酒。这就是解决办法，"劳伦说，"我们就是这么对付过去的。"

· · ·

就这样，我们四个人坐到厨房的餐桌旁，中间摆着一瓶伏特加。我可不是喜欢在周日下午喝醉的人，但我可以告诉你，既然今天要和马克一起过，光是喝醉这个念头就让我高兴得差点跳起

---

① 犹太教三大节日之一，在每年春季举行，持续六到七天。

来。黛比也在喝,不过理由不一样。要说她和劳伦的话,我看她们是要重温那些放纵的时光。那时她们两个在一起,世界只是一扇狭窄的窗户,两个不能算是大人的姑娘住在纽约,住在两个世界交叉的边缘上。她们看起来实在太开心了,我觉得她俩喝酒一半是庆祝重逢,另一半则是因为应付不了激动的心情。

黛比喝着第二杯酒,说:"这对我们来说太出格了,真的实在太出格了。我们基本不沾酒,怕特雷弗有样学样。在他面前喝酒不好,这个年纪正是容易学坏的时候。他突然就对这种事有兴趣了。"

"他能对什么东西有兴趣我就很高兴了。"我说。

黛比凭空挥了一巴掌。"我是觉得,你不能让孩子觉得喝酒很有趣。"

劳伦微笑着整了整假发。"我们做的事又有哪件能让孩子们觉得有趣呢?"我笑出了声。说真的,我越来越喜欢她了。

"年龄限制是罪魁祸首,"马克说,"美国道德标准,二十一岁才能喝酒什么的那一套。我们在以色列从不把这当回事,所以小孩根本就不会注意到酒这种东西。也就只有外国劳工在周五晚上来几杯,除此之外,你根本看不见有谁喝酒。"

"劳工,还有俄国人。"劳伦说。

"俄国移民,"他说,"那就是另外一回事了。要知道,他们大多数根本就不是犹太人。"

"什么意思?"我说。

"母系传承,就是这个意思,"马克说,"得让那群埃塞俄比亚人改变信仰①。"

黛比不想让我们谈政治,但座位是这样的:我夹在他们夫妇二人中间,黛比在我对面(我家餐桌是圆的)。她几乎整个人越过桌子扑过来才抓住了我的胳膊。"再给我倒一杯。"她说。

然后她就把话题转到了马克的父母身上。"你们这次探亲还顺利吗?"她说,表情十分肃穆,"二老身体还好吗?"

黛比对马克的父母非常感兴趣。他们是大屠杀的幸存者,而黛比想到他们这代人即将逝去就耿耿于怀,她对这个话题已经执著到了不健康的程度。别误会,我也觉得这件事挺重要,我也挺在乎。我只是想说,感兴趣也分健康和不健康两种,而我妻子谈这个话题会谈上很久、很久。"知道吗?"她会突然对我和特雷弗说,"每天都有一千名二战老兵去世。"

"怎么说呢?"马克说,"我母亲病得已经很严重了。至于我父亲,他一直努力保持乐观,他挺坚强的。"

"那肯定。"我说,然后我看着自己的酒,严肃地摇了下头,"他们真是太了不起了。"

"他们?"马克说,"你是指当父亲的?"

我抬起头,发现他们仨都盯着我。"幸存者。"我说,意识到自己跳得太快了。

---

① 曾有大批俄国犹太人和非洲犹太人移民至以色列,其中有些人的母亲并非犹太人。传统派(如马克)认为犹太人的身份属于母系传承,因此这些人不算犹太人,需要改变信仰;思想较开放的犹太人(如本文中的"我")则承认他们的犹太人身份。

"他们有好有坏,"马克说,"什么人都一样。"说完他笑了起来,"虽然没有什么人和我父母一样。"

劳伦说:"你们真应该去看看。整个卡梅尔湖疗养院就是座难民营,只不过多了间台球室。所有人都在那儿。"

"他们口耳相传,"马克说,"然后一个跟一个都过去了。真是不可思议。当年他们一起从欧洲跑到了纽约,结果现在,这辈子快到头的时候,他们又跑到同一个地方去了。"

"给他们讲讲那个疯狂的故事,"劳伦说,"讲啊,耶利。"

"给我们讲讲吧。"黛比说。我能从她的眼睛里看出来,她想听的故事是这样的:某人在马戏团的大炮里躲了三年。战争结束后,一位正义外邦人①兴高采烈地出场点燃了大炮,主角飞出去穿过铁环掉进了一口浴缸,发现叼着吸管藏在水下的正是他走失的儿子。

"你们都知道我父亲什么样,"马克说,"在故乡,他上过犹太教小学,留着络腮胡啊什么的。结果一到美国,他就成了再普通不过的犹太商贩,看起来更像你而不像我。我这可不是从他那儿继承过来的,"他指着自己的胡子,"肖莎娜和我……"

"我知道。"我说。

"我父亲就是这样。他们有座挺棒的九洞高尔夫球场,有练习场,还有一片绿地用来练习推杆。我爸呢,他也加入了俱乐部。我跟他一起去。他说他想去健身房锻炼,还说我也应该去锻

---

① 特指那些在大屠杀期间保护犹太人的非犹太人。

炼锻炼。他还说……"马克指向自己的脚,特地把腿从桌子底下伸出来,让我们看他那双又大又沉的黑鞋,"'你不能穿这种安息日穿的鞋去跑步机上跑步,你得穿跑鞋。运动鞋,知道吗?'他这么说。我告诉他,'我知道什么是跑鞋。英语我还没忘,至少也跟你说意第绪语的水平差不多'。然后他就来了一句'多谢你操那个肚脐的心'①,提醒我别忘了他是谁。"

"重点,"劳伦说,"讲重点。"

"那天他坐在更衣室里穿袜子,因为年纪大了,光是穿个袜子就跟实际运动了一场似的,慢得要死。我在旁边等他,然后就看见了那个人,简直难以置信。我差点没晕过去。坐在他旁边的那个人,他胳膊上印着个号码,比我父亲的只小三个数。知道吗,就是那个序号。"

"什么意思?"黛比说。

"就是说,他胳膊上刺的那个序号,跟我父亲在难民营的编号一样,每个数字都一样,只不过我父亲的最后一位是八,这个人是五。就这点不一样。就是说,他们俩中间只隔了两个人。我就那么看着这个人,我以前从来没见过他。我对他说:'打扰一下,先生。'他却说:'你是查巴德派的人?我什么都不想要,就想一个人待着。我家已经有蜡烛了。'我跟他说:'不,我不是他们的人,我是来看我父亲的。'然后我对我父亲说:'你认识这位老先生吗?你们以前见过吗?要是没见过,我很想介绍你们认识

---

① 原文为:Ah shaynem dank dir in pupik。

认识。'他们俩就开始互相打量，盯着对方看了很久，我发誓足有几分钟，实实在在的几分钟。那就像——我说这话可是带着上帝的荣耀，还有对我父亲的尊敬——那就像看着两头巨大的棕色海牛坐在同一张长凳上，还都只穿了一只袜子。他们就那么互相上下打量，动作非常慢，然后我父亲说：'见过。我在这一片见过他。'另外那个老头也说：'没错，见过。''你们都是幸存者，'我告诉他们，'你看，你看，'我说，'你们的号码。'他们看了。'你们的号是一样的。'我说。他们都伸出胳膊，看着那两小块灰白色的刺青。'一样的！'我告诉他们。我跟我父亲说：'看出来了吗？号是一样的，不过他的——他在你前面。你瞧！比比看啊。'他们就那么看来看去，互相对比。"马克对着我们，眼睛瞪得快掉出来了。"我说，想想看吧，"他说，"在这个世界上，在经过无法幸存的灾难而幸存下来的人里，这两位老先生都攒够钱住进了卡梅尔湖疗养院，每天都能打高尔夫。我对我父亲说：'他就在你前面。''瞧啊，他是五，'我说，'而你是八。'那位老先生和我父亲就么看着，我父亲说：'这只能说明他插队了。喏，就跟现在一样。这家伙喜欢插队，我只是没好意思说出来。''滚你的。'另外那位说。就这么完了。他们继续穿袜子去了。"

黛比看起来有些丧气。她本想听个更能激励人的故事，可以用来教育特雷弗，可以让她更加相信在残酷环境下展现的人性。所以她就那么望着前方，嘴唇抿成一条无力的细线。

至于我，我酷爱这种故事。我真的开始喜欢这两个家伙了，倒也不全是因为我突然感到了一阵醉意。

011

"好故事,耶利。"我说,借用了他老婆的叫法。"耶鲁哈姆,"我说,"这故事大有寓意。"

耶鲁哈姆推开桌子站起身来,显得很自豪。他拿起台面上的白面包,检查面包的标签,确定它符合教规,然后拿出一片撕掉外皮,用手掌将剩余的白色部分压到台面上揉,搓成了一个圆球。他走回来又倒了杯酒一口饮尽,然后吃掉了那颗古怪的面包球。他直接把小球抛进了嘴里,仿佛它就是他个人惊叹号的那个点,以此给故事加上最后的强调符。

"好吃吗?"我说。

"你尝尝看,"他说,走过去将一片面包扔到空中,像投棒球那样掷给了我,然后说,"不过要先喝一杯才行。"

我伸手想拿酒,发现黛比正双手紧握着酒瓶。她垂着头,就像把酒瓶当成了锚,防止自己仰面摔倒。

"你没事吧,黛比?"劳伦说。她伸手搭在黛比的脖子上,然后又去按摩她的胳膊。我突然明白了。我明白了,而且就那么直接说了出来:"她是觉得这故事太好笑了。"

"亲爱的!"黛比说。

"虽然她没说,不过对大屠杀这件事,她可是挺感兴趣的。至于你的故事嘛——马克,不是我说你,你讲的跟她想象的可不太一样。"

马克来回看着我们。说真的,这家伙好像有点受伤。我最好就此把话带开,我心里也明白。可我就是得往下说。可不是每天都有黛比的高中同学跑来听我说她。

"我老婆啊,就像自己是幸存者的孩子一样。太疯狂了,学校里教的那一套。她爷爷奶奶其实都是在布朗克斯①出生的,可是她就像,怎么说呢,其实我们离迈阿密开车只要二十分钟,可她表现得就像现在其实是一九三七年,我们这是在柏林边上。简直不可思议。"

"不是那么回事!"黛比说,显然想要为自己辩护,声音一下变得超高,"我才不是因为这个不开心。只是因为喝了酒,这么多酒。"她说,翻了个白眼表示这真的没什么,"喝了这么多酒,又见到了劳伦——见到了肖莎娜,隔了这么久又见面了。"

"哦,她高中时也这样,"肖莎娜说,"一杯酒下肚,她就开始哭了。"

"酒精是种致郁剂。"耶鲁哈姆说。因为这么一句话,因为显摆这种知识,他又开始惹人厌了。

"想不想知道什么东西能让她兴奋,让她真的开心起来?"肖莎娜说。老实告诉你,我真没预想到她会说什么。我就和听到集中营编号故事的黛比一样猝不及防。

"是抽点大麻爽一下,"肖莎娜说,"百试不爽。只要抽上一支,她就能没完没了地笑上几个小时。"

"哦,我的天哪。"黛比说,但不是对肖莎娜说的。她伸手指着我,大概是因为我的表情和实际感受一样惊恐。"瞧瞧我这位粗鄙又邪恶的俗人老公,"黛比说,"他根本无法接受,无法接受

---

① 纽约五大区之一。

013

自己老婆也有过叛逆的时候——好一个思想解放先生。"她又对我说,"对于一个从犹太学校毕业,直到二十一岁才破处的现代女性,你到底把我幻想得有多纯洁?说真的,"她说,"你到底以为肖莎娜会说出什么特有趣的话?"

"说老实话?"我说,"我不想说。这太难为情了。"

"说来听听嘛,"马克说,"又没外人,大家都是朋友。虽然是新朋友,但也是朋友。"

"我认为你……"我说,又住了口,"你会杀了我的。"

"说啊!"黛比兴致勃勃地说。

"说实话,我以为你要说什么参加逾越节果仁卷比赛,做做海绵蛋糕……之类的。"我垂下了头。肖莎娜和黛比笑得前仰后合,气都喘不过来,互相拉扯着,我都不知道她们这是想搀扶对方还是想把对方拽倒在地。我真担心有谁会摔下去。

"我真不敢相信,你居然跟他说了果仁卷的事。"肖莎娜说。

"我也不敢相信,"黛比说,"你居然跟我丈夫说了二十二年前我们抽大麻的事。结婚以后我就再也没碰过烟了,"她说,"是不是,亲爱的?结婚以后咱俩抽过吗?"

"没有,"我说,"上次抽已经是很久以前了。"

"那你呢,肖莎。什么时候?你最后一次抽是什么时候?"

我知道,我之前已经描述过马克的胡子,但我忘了说没说过他的毛发到底有多旺盛。那片胡子从下巴一路向上,一直长到他的眼球上,就像上下有两双眉毛。真是一片奇景。话归正传,黛比问了那个问题,他们俩——肖莎和耶利,他们咯咯笑得跟小孩一样。在马克毛发间隐约露出来的那一点皮肤上,我看见他的眼皮和耳垂都红透了。

"刚才肖莎娜说,我们是靠喝酒对付过去的,"马克说,"她其实是在开玩笑。"

"我们喝得不多。"肖莎娜说。

"她指的其实不是喝,是抽。"他说。

"我们抽得不少。"劳伦表示肯定。

"香烟?"黛比说。

"我们也抽大麻,"肖莎娜说,"我是说,一直就没停过。"

"你们是哈希德教的!"黛比尖叫起来,"这种事明令禁止!不可能。"

"以色列谁都抽。那儿就像是六十年代,"马克说,"像场革命。那是世上抽得最爽的国家,荷兰、印度和泰国加起来都比不上。我们那儿胜过其他任何地方,连阿根廷也比不上——虽然他们限制着我们。"

"嗯,也许这就是为什么小孩都对酒精没兴趣。"

耶鲁哈姆承认,也许的确如此。

"你们想不想现在来爽一把?"黛比说。我们三个都盯着她。我是出于惊讶,另外两位则满眼渴望。

"我们可没带来,"肖莎娜说,"虽然海关一般不会掀开假发检查。"

"你们可以去卡梅尔湖的青光眼矿脉找找,"我说,"那里应该到处都是。"

"真滑稽。"马克说。

"我就是个滑稽的人。"我说,反正大家都已经混熟了。

"我们有大麻。"黛比说。

"是吗?"我说,"我怎么不知道。"

黛比看着我,咬着小指的指甲。

"你不会这么多年一直在偷偷抽吧?"我说,真心觉得这样下去说不定会挖出一系列惊天秘密。我真的不太舒服。

"咱俩的儿子,"黛比说,"他有大麻。"

"咱俩的儿子?"

"特雷弗。"她说。

"是,"我说,"我知道哪个儿子。"

· · ·

这可真不是一天内能消化完的,这么多新发现。我感觉就像被人背叛了,就像我老婆过去的秘密和我儿子现在的秘密都缠结在一起,而这是对我的不公对待。另外,我也不是那种受到老婆忽视后能很快恢复过来的人——何况有外人在场。我得跟她好好把话谈开才行,只要单独谈谈就好,哪怕只是五分钟。但她显然没这个需要,她根本不觉得这有什么。她现在聚精会神地站在料理台前,忙着把一张纸巾搓成大麻卷。

"这是我们在高中时发明的应急手段,"肖莎娜说,"青春期少女犯瘾了就会这么干。"

"我们经常犯瘾，"黛比说，似乎已经开始觉得一切都很滑稽，"你还记得皇后区犹太高等学校那个好脾气的男生吗？咱们老在他面前吸？"

"我还能想起他的样子，"肖莎娜说，"不过不记得他叫什么了。"

"他就那么看着我们，"黛比说，"我们六七个人围成一圈，男女生之间都没有任何身体接触——我们可真虔诚啊。不觉得很疯狂吗？"黛比这句话是对我说的，肖莎娜和马克都没觉得这有什么疯狂的。"唯一碰到彼此的地方就是大拇指，在挨个传递烟卷的时候。我刚才说的这个男生，我们还给他起了个绰号。"

"'下一个'！"肖莎娜喊道。

"没错，"黛比说，"就是这个绰号。我们一直都叫他'下一个'。因为每次我们把大麻给他，他就会直接传给下一个人。'下一个'兰德，"黛比说，"我想起来了。"

肖莎娜接过烟卷划了根火柴点燃，深深吸了一口。"现在我要是还能想起点什么，那可真是奇迹，"她说，"不骗你。是因为那几个孩子。老大一出生，我脑子里的事就忘了一半。之后每生一个，我的记忆都会再缩水一半。生了十个孩子，就连点根火柴我都想不起来要吹灭。"她把手里的火柴扔到水槽里，发出轻微的嘶嘶声。"就在昨天晚上，我心里突然一阵发慌，醒了。我想不起来是一副牌有五十二张，还是一年有五十二个星期了。记忆障碍——我就那么一整夜都清醒着，担心得翻来覆去，等着老年痴呆找上门来。"

"没那么严重,"马克对她说,"你家只有一边有老年痴呆的遗传。"

"是啊,"她说,把烟卷递给了丈夫,"另一边则是健忘症。对了,到底是哪个?星期还是牌?"

"都一样,都一样。"马克说,抽了一口。

烟卷传到黛比手里时,她拿着它看我,似乎期待我对她点点头,或用什么丈夫特有的安抚方式表示允许。但我实在受不了了。我没说"抽吧"或"走你的",相反冲黛比喊了起来。"你打算什么时候告诉我儿子的事?"我说,"你要等多久?你什么时候知道的?"

听我这么说,黛比长长地吸了口大麻,将烟留在肺里停了好一会,像个真正的老手。

"说真的,黛比。你知道了怎么不告诉我?"

黛比走过来,把大麻卷递给我,将烟吐到了我脸上。她没有挑衅的意思,只是就那么吐了出来。

"我也是五天前刚发现的,"她说,"我当然打算跟你说,只是不知道用什么方式。我还在想要不要跟特雷弗谈谈,给他个机会。"她说。

"什么机会?"我问。

"让这件事成为我和他之间的秘密。让他知道,我可以信任他,可以原谅他,只要他从此戒掉不抽。"

"可他是儿子,"我说,"我是老子。就算这是你们俩之间的秘密,也应该同时是你和我之间的双重秘密。不管你和他有什么秘密,我都应该知道,只不过装作不知道。"

"把双重什么的再说一遍?"马克说,想努力跟上话题。我没理他。

"这样才对,"我对黛比说,"以前也一直都是这样的。"我走投无路,又不能确定到底是不是这样,就又加了一句,"不是吗?"

我是说,我们俩非常信任彼此,我跟黛比。我觉得有太多东西都悬在这个问题的答案上,上次有这种感觉已经是很久、很久以前了。我想读懂她的表情,但她脸上的神色相当复杂,正在慢慢凝固成形。然后她就一屁股在我脚边坐了下来。

"哦,天哪,"她说,"我他妈真爽。突然一下就爽翻了。这实在,这实在,"她笑了起来,"这实在,不太好,"她说,"就像个犹太佬。"她说,突然严肃起来,"哦,天哪,我真是糟透了。"

"我们应该事先警告你的。"肖莎娜说。

她说话的时候我刚抽了第一口,将烟留在肺里,努力对抗之前那句话背后席卷而来的猜疑。马克拿回烟卷直接递给了肖莎娜,遵从第一轮的顺序。

"警告我们什么?"我说,声音很高,烟雾的香气还在鼻腔里弥漫。

"这可不是你父亲那一代的大麻,"马克说,"以前那些只不过是四氢大麻酚。那已经是,怎么说呢,是我们童年时代的东西了吧?这可是新的水培产品,只要抽上一口,就相当于咱们小时候那种东西的一磅了。"

"我能感觉出来。"我说。我的确感觉到了,在体内很深、很深的地方。我也在地上坐下来,握住了黛比的手。我感觉很棒。我不记得自己有没有把这感受说出来,就又说了一遍,以确保他们都能听见。"我感觉很棒。"我说。

"我是在洗衣篮里找到的,"黛比说,"大麻。"

"洗衣篮?"肖莎娜说。

"青春期男孩觉得那是藏东西的最佳地点,"黛比说,"他的干净衣服都叠好了直接放在房间里,他就从来没想过洗衣篮会被人清空。对他来说,那就是最孤独、最与世隔绝的地方。重点在于,"黛比说,"我在洗衣篮最底下发现了一个口香糖罐,塞得满满的,大麻都快冒出来了。"黛比捏了下我的手,"咱俩没事了吧?"

"没事了。"我说。我们俩又像队友了,我们一伙,他们一伙。肖莎娜把烟卷拿过来时,黛比说:"装大麻的罐子可是装过不符教规的口香糖,你们确定抽这个没事?我可搞不清楚。"我正好也在想这个问题。

"她还上 Facebook,"我说,"这也是违规的。这真是两位不守规矩的哈希德教徒。"我说。我们几个都笑了起来,捧腹哈哈大笑。

"首先,我们不是在吃东西,而是在抽它。而且就算是吃,这也只是冷接触罢了,所以没关系。"肖莎娜说。

"'冷接触'?"我说。

"就是一种分类,"肖莎娜说,"别管了,站起来吧。赶紧的。"他俩伸出手,分别把我们从地上拉了起来。"来,坐到桌子旁边来。"肖莎娜说。我们站起来,又回到了桌边。

"告诉你们吧,"马克说,"要在外面的世界里当个哈希德教徒,最恼人的地方就在于别人总在监督我们,这比骂脏话还糟糕。我跟你们说,不管我们去哪儿,其他人总是盯着我们,随时准备以违反教规的罪名把我们逮起来。"

"都是些陌生人!"肖莎娜说,"就那天,就在这儿,从机场开过来的时候。耶利在一家麦当劳里停车去撒尿,他刚进厕所,就有个戴着机车帽的家伙走过来说:'你进这儿没问题吗,老兄?'就这么对着他说。"

"骗人!"黛比说。

"是真的。"肖莎娜说。

"倒不是我无法理解这么干有什么意思,"马克说,"其实还挺有趣的。知道吗?耶路撒冷也有摩门教徒,他们有个基地,有座学院。那儿的规矩是——他们跟政府说好了——他们在那儿待着没关系,但不能向外扩张,不能传教。总之里面有这么个人,他跟我有些来往。"

"在犹他州认识的?"黛比说。

"爱达荷。他叫杰毕戴,真名——你能相信吗?"

"不能,耶鲁哈姆和肖莎娜,"我说,"杰毕戴是个很奇怪的名字。"马克翻了个白眼,把最后一小截烟卷递给我。他什么都没问,就站起来把口香糖罐拿过来,又从他老婆的手袋里抽了张纸巾。他现在变得从容自信,在我家里自如得跟在自己家一样。想到有这么个客人跑到我家来,抽光我儿子的大麻,我有点不太

021

舒服，不像对他吃面包那么坦然。黛比肯定也在想同样的事，因为她说："等这个故事讲完，我得给特雷弗发个短信，确定他不会很快就回来。"

"那最好不过。"我说。

"不如这样吧，我叫他练完球就直接回来。要不然我就说，他可以跟朋友出去吃饭，但是必须九点回家，一分钟也不能晚。这样他就会恳求我放宽十分钟。如果我叫他无论如何也得在那时候回家，我们就安全了。"

"好，"我说，"好计划。"

"总之，每次杰毕来我家吃饭，自己去倒可乐喝的时候，我也一样会当个宗教巡警。我忍不住。我会说，'嘿，杰毕，你喝那玩意没事吗？你们喝可乐不算犯规吗？'我每次都这么问，就是忍不住。人们根本不在乎触犯规则，但对别人可严厉着呢。"

"所以他们可以喝可乐吗？"黛比说。

"不知道，"马克说，"杰毕从来都只回答我：'你想问的是咖啡吧，再说这关你屁事。'"

"在耶路撒冷发生的事，就留在耶路撒冷吧。①"我说。他们那儿肯定不放这个广告，因为谁也没笑。

然后我的黛比，她按捺不住了："你们听说那桩丑闻了吗？摩门教徒要梳理大屠杀幸存者名单了。"

---

① 此处戏仿赌城拉斯维加斯的广告语："在拉斯维加斯发生的事，就留在拉斯维加斯吧。"

"就像《死魂灵》里那样，"我解释道，"就像果戈理写的那本书，不过是真的。"

"你以为我们会读那玩意？"马克说，"作为哈希德教徒，还是以前还没入教的时候？"他边说边把烟卷递给我，动作既挑衅又有点滑稽。然后他又给自己倒了杯酒，反正没人拦着他。

"他们记下死人的名单，"黛比说，"然后挨个梳理，找出那些身为犹太人的死者，把他们都转成摩门教徒。这样被迫改教的人足有六百万。"

"这件事让你心烦？"马克说，"美国的犹太人会因为这种事睡不着觉？"

"这话是什么意思？"黛比说。

"我是说……"马克说。

肖莎娜打断了他："别告诉他们，耶利。模棱两可就好。"

"我们受得了，"我说，"我们挺想知道的，真的，想知道我们能不能受得了。这东西让我们头脑成熟，"我说，随手指了下口香糖罐，"能理解至高无上的概念。"

"至高无上的概念，因为我们已经抽高了。"黛比热切地说，一点开玩笑的意思也没有。

"你们家儿子，他看起来是个好孩子。"

"别说他们的儿子。"肖莎娜说。

"别说我们的儿子。"黛比说。这次换我伸手搭到她胳膊上了。

"说吧。"我说。

"要我看，"马克说，"他不像个犹太人。"

"你怎么能这么说？"黛比说，"你这人怎么回事？"但比起生气的黛比，我的反应更惹人注意：我哈哈大笑起来，所有人都转过头看我。

"怎么了？"马克说。

"要让你觉得像犹太人？"我说，"帽子，胡子，那双大鞋。我敢说，要让你觉得像个犹太人可是够困难的。这就像奥兹·奥斯本①或'吻乐队'②对保罗·西蒙③说：'要我看，你不像个搞音乐的。'"

"这跟外表没关系，"马克说，"我指的是生活在自己的小圈子里。你知道我在来这儿的路上都看见了什么吗？超市、超市、成人书店、超市、超市、练枪靶场。"

"弗罗里达人的确酷爱枪和色情片，"我说，"还有超市。"

"哦，天哪，"黛比说，"这就像你之前说的'古德伯格，古德伯格——阿塔'，跟那一样，只是说的东西不同。"

"他喜欢那种节奏，"肖莎娜说，"他老是这么说话。"

"我想说的是——不管你们听不听得进去——你不能把一场可怕的罪行当成犹太教的基础。我想说的是对大屠杀的执念，你们把它当成身份的必要象征，当成唯一的教育手段。因为对小孩来说，除此之外根本就没什么东西能让他们产生认同感，没有其他

---

① 重金属教父。
② 摇滚乐队。
③ 美国一位主要创作民谣音乐的音乐人。

东西能让犹太人紧密联系在一起。"

"哇,这话说得可真难听,"黛比说,"而且眼界狭窄。犹太文化确实存在,我们的生活到处都含有丰富的文化。"

"犹太教生活可没那么丰富。犹太主义是种宗教,有宗教就有仪式。文化则什么都不是。文化只是现代世界的一种结构,根本就不固定,总在不停地改变,不可能把上一代和下一代紧密联系在一起。这就像你手里有两段金属丝,你不去焊接,却用胶水把它们粘在一起。"

"这话又是什么意思?"黛比说,"就现实意义而言?"

马克伸出一根手指表示强调,表示这是在教育我们。"在以色列,所有的公交车、卡车,甚至出租车都是奔驰,知道这是为什么吗?"

"因为他们出于愧疚给你们打折?"我说,"因为奔驰是运送犹太人的专家,在这方面特别有天赋?"

"因为在以色列,我们都是真真正正的犹太人。对我们来说,开德国车、用德国西门子收音机听希伯来语新闻都没关系,就算是在战后也一样。我们不需要在品牌上故意建立起种族隔离,也不需要用象征性的东西来维护记忆。因为我们的生活方式和父辈在战前的生活方式完全一样。这种生活方式渗透到我们日常的方方面面,包括两性关系,包括婚姻和亲子关系。"

"你是说你们的婚姻比我们强?"黛比说,"真的吗?就因为你们平时遵守那些规矩?那种东西能让婚姻变得更牢靠,不管结婚的人是谁?"

"我是说，如果像我们这样生活，你丈夫就不会把脸拉得老长，担心老婆是不是藏着什么秘密。还有你儿子，他也就不会未经你同意就去抽大麻。因为我们的人际关系都是规定好的，界限非常清晰。"

"因为他们是焊接在一起的，"我说，"不是拿胶水粘的。"

"没错，"他说，"我相信肖莎娜也同意我的观点。"但肖莎娜没在听。她正拿刀小心地削着苹果，削出一条苹果吸管。纸巾都用完了。

"你们家的女儿呢？"黛比说，"既然她们什么事都告诉你们，那她们抽大麻之前也征求过你们的意见了？"

"我家姑娘们根本没有染上我们这个世界的恶习。她们对这种事没有兴趣。"

"只是你这么以为罢了。"我说。

"我知道事实如此，"他说，"我们和你们关心的事不一样，担心的东西也不一样。"

"说来听听。"黛比说。

"还是算了，"肖莎娜说，"说实话，我们都醉了，抽大麻抽高了，这场聚会让人很愉快。"

"每次你叫他别说了，"我说，"都会让我更想听他说下去。"

"我们所担心的，"马克说，"不是过去的那场大屠杀，而是现在正在进行的这一场。这一代犹太人的数量已经因此减少了百分之五十以上。我们关心的是异族通婚，这就是现在正在进行的大屠杀。你用不着担心那些在六百万牺牲者身上坑蒙拐骗的摩门教徒,你需要担心的是你儿子会不会娶回来一个犹太姑娘。"

"哦,天哪,"黛比说,"哦,天哪。你把异族通婚当成大屠杀?你们不会真——我说,肖莎娜,我说,你别……你真的要把这两者放在一起比较?"

"你问我怎么想,这就是我的想法。但这种事,是啊,这种事跟你没有直接关系,唯一牵扯到你的也就是你们给儿子做出怎样的榜样。你是犹太人,那你儿子就也是犹太人,和我没什么不同。他和我谁也不比谁更正宗。"

"我上过犹太小学,复活的哈里!用不着你来告诉我规矩。"

"你刚叫我什么,'复活的哈里'?"马克问道。

"没错。"黛比说。她和他大笑起来,觉得好久没听过像"复活的哈里"这么好笑的东西了。肖莎娜也笑了起来,然后我也开始笑了,因为笑声具有传染性——抽大麻抽高的时候,这种传染性是平时的两倍。

"你不会真觉得我们家这位,我那可爱英俊的儿子,会来场大屠杀吧?"黛比说,"如果是真的,那可真伤人。那会让美好的一天变得索然乏味。"

"不,我不这么想,"马克说,"这是座不错的房子,你们是美好的一家人,你们为那位高个小伙子创造了一个美丽的家。你们是真正的创造者,"马克说,"我是说真的。"

"听你这么说我很高兴,"黛比说,把头歪到将近九十度,展现出快乐可爱的笑容,"我能拥抱你一下吗?"黛比说,"我真想抱你一下。"

"不行,"马克说,语气非常非常礼貌,"你可以拥抱我妻子,这样行吗?"

"好主意。"黛比说。肖莎娜把装好大麻的苹果递给我,我拿着苹果吸了一口。两个女人紧紧抱在一起,前后左右摇摆着身体,我又开始担心会不会有谁摔倒。

"今天真是个好天。"我说。

"的确。"马克说。我们看向窗外,望着完美天空中完美的云。我们看着,享受着,也就正好目睹了天空变暗的那一瞬间。天色变得如此突然,两位女士也松开了怀抱,和我们一起看着光线突兀的改变。

"这儿的天气就这样。"黛比说。乌云随即开裂,热带暴雨倾泻而下,噼里啪啦猛击地面。屋顶和窗外都传来喧闹的雨声,棕榈树叶弯了下来,泳池里飘着的杂物随雨点击打一跳一跳。

肖莎娜走到窗边,马克把苹果递给黛比,也走了过去。"真的假的,这儿的天气一直这样?"肖莎娜说。

"是啊,"我说,"每天都这样,来去一样快。"

他们两人都把手按到窗户上,就那么一动不动地站了一会儿。马克转过身来。这个严厉的家伙,强硬的家伙,他在哭。为下雨而哭。

"你们不明白,"他说,"我已经忘了在降水丰富的地方生活是什么感觉。这是上天最大的恩赐。"

"如果你们那儿也有我们这儿的一切。"我说。

"没错。"他揉着眼睛说。

"我们能出去吗？"肖莎娜说，"到雨里去？"

"当然。"黛比说。肖莎娜叫我闭上眼睛，紧紧闭上。就我一个人。我发誓，当她让我睁开眼的时候，我还以为她全身都脱光了呢。

她只不过是摘掉了假发，还把特雷弗的棒球帽戴上了。

"我只带了一顶假发，"她说，"希望特雷弗不介意。"

"他不会介意的。"黛比说。就这样，我们四个走出去站到了雨里。就这样，我们站在后院里，天气热得快烧起来，凉凉的雨敲在身上。这种触感，这种天气，我们抽大麻抽高了，喝酒喝醉了，还说了这么多话，这简直是世上最棒的感觉。我得说，戴了那顶帽子，肖莎娜至少年轻了二十岁。

我们没说话，都忙着嬉笑打闹、乱蹦乱跳。就这样，我抓着马克的手蹦着，黛比也抓着肖莎娜的手跳着自己的舞步。虽然那两个人完全不碰彼此，我们还是围成了个松散的圆，在雨里跳起了不专业的传统式圆舞。

这是近年来我觉得最辉煌、最愚蠢、也最自由的时刻。谁能想到呢，这两位严格苦行、让人窒息的客人会让我产生这样的感受。然后我的黛比，我的爱人，她又和我想到一块儿去了。我们转着圈，她仰脸对着雨说："你确定这样没问题吗，肖莎娜？这不算是男女混合舞吗？教规允许吗？我可不希望有谁跳完了又后悔。"

"没事，"肖莎娜说，"我们愿意承担后果。"这个问题让我们放缓脚步停了下来，但还没人松开手。

"这就像那个老笑话,"我说,不等他们问就继续说,"为什么哈希德教徒不能站着做爱?"

"为什么?"肖莎娜说。

"因为那样就变成了男女混合舞。"

黛比和肖莎娜装出惊骇的表情,我们松开手,都明白那个瞬间已经过去了,雨也和来时一样突然地停了。马克站在那儿望着天空,紧抿嘴唇。"这笑话真是很老很老了。"他说,然后他又说,"男女混合舞让我想起混合坚果、混合烧烤,还有混合沙拉。'混合舞',听见这名字我就饿了。要是家里唯一合规的食物只有那块漂白美式面包,我恐怕会发疯。"

"你这是抽大麻后产生了强烈食欲。"我说。

"诊断正确。"他说。

黛比拍起手来。她轻轻地鼓着掌,然后双手合十举到胸前。"你肯定不敢相信,"黛比兴高采烈地对他说,"我们这儿有多少好吃的。"

...

我们四个站在储藏室里四处翻找,全身都湿透了,往地上滴着水。"你见过这么大的储藏室吗?"肖莎娜说,"这么巨大。"她说,伸出双臂丈量着空间。这间储藏室的确很大,里面的东西也的确不少,有数不清的各种食品和数不清的各种糖果,因为我们家经常要接待一大群正值青春期的小伙子。

"你们这是准备迎接核冬天吗？"肖莎娜说。

"我来告诉你们她这是为了什么吧，"我说，"你们想知道她到底有多着迷吗？想知道她讲大屠杀讲得有多上瘾吗？我是说，她到底有多认真——认真到什么地步？"

"什么地步也没到，"黛比说，"这个话题已经聊够了。"

"告诉我们吧。"肖莎娜说。

"她想建造我们自己的秘密藏身地。"我说。

"开玩笑。"肖莎娜说。

"比如说，你们看啊。这是储藏室，旁边是厕所，那扇门后面是车库。如果你把这些都封在一起——比如在书房门口建一堵墙，没人会知道有人在这里面，猜都猜不到。如果再把这扇通往车库的门用什么堵上——我也不知道用什么，比如把工具都挂在外面，隐藏好门闩，再把自行车和除草机都靠上来，那中间这部分就是个完全封闭的空间，有流动水源，有厕所，还有这些食物。要我说，如果有人能隔三差五溜到车库里来补充物资，那我们完全可以把房子整个租给别人，明白吗？可以再住一家人进来，谁都不知道还有这个地方。"

"哦，天哪，"肖莎娜说，"我的短期记忆也许是被孩子们给毁了……"

"还有抽大麻。"我说。

"那也是原因之一。但我还记得，我记得我们小时候，她就一直……"肖莎娜说，转向黛比，"你就一直跟我玩这种感觉的游戏，寻找藏身地点什么的。还有更糟的、更阴暗……"

031

"住嘴。"黛比说。

"我知道你要说什么。"我告诉肖莎娜,我真的兴奋起来了,"那个游戏,没错吧?她跟你玩那个疯狂的游戏?"

"不,"黛比说,"够了。别说了。"

然后马克——他一直在聚精会神地研究标签,看食物是否符合教规,扯开每份一百卡路里的小袋零食,一把一把地吃着烤花生。自从进了储藏室他就没说话,只问过一句"什么是无花果饼?"——他停下咀嚼的动作,说:"什么游戏?我想玩。"

"那不是游戏。"黛比说。

听她这么说我很开心。过去好几年我一直想让她承认,承认那不是游戏,而是非常严肃的一件事,是某种预防手段,也是一种我不想纵容的病。

"安妮·弗兰克游戏,"肖莎娜说,"对吧?"

我看出妻子有多不开心,就尽量为她辩护。我说:"不,那不是游戏。这只是我们谈起安妮·弗兰克时会谈的东西。"

"我们就玩玩这个不是游戏的东西怎么样?"马克说,"该怎么做?"

"就是正义外邦人游戏。"肖莎娜说。

"也叫'谁会把我藏起来'。"我说。

"假设发生第二次大屠杀,"黛比放弃了,语气有些犹豫,"这是种严肃的探讨,是我们每个人都亲身参与的思想实验。"

"是你想玩的东西。"肖莎娜说。

"也就是说,假设美国发生大屠杀,我们会探讨哪位基督教朋友会把我们藏起来。"

"我不明白。"马克说。

"你当然明白了,"肖莎娜说,"你肯定明白。是这样的。如果发生了一场浩劫,如果那种事再来一次,比如说我们都在耶路撒冷,现在是一九四一年,大穆夫提①掌权了,你的朋友杰毕会怎么做?"

"他能怎么办?"马克说。

"他可以把我们藏起来,冒着生命危险,冒着全家人和周围所有人的生命危险。这就是这个游戏的内容:在现实里,他会为了你而这么干吗?"

"他没问题,摩门教徒嘛,"马克说,"别说这个储藏室了。他们必须存起一整年的食物,准备好迎接末日什么的。还有水,整整一年的物资。还是说他们做爱时必须隔着一张床单来着?不,等等,"马克说,"那好像是我们的教义。"

"好吧,"黛比说,"还是别玩了。真的,我们回厨房去吧。我可以从那家犹太教认证的店叫些外卖。我们可以去草坪上好好吃顿饭,别净吃这种乱七八糟的零食。"

"不,不,"马克说,"我玩,认认真真地玩。"

"那家伙会把你们藏起来吗?"我说。

"包括孩子们?"马克说,"我是不是要假设他在耶路撒冷有个秘密宾馆什么的,可以装下我们十二个人?"

---

① 伊斯兰教最高权威。

033

"对,"肖莎娜说,"在他们的神学院或者什么地方。没错。"

马克就此想了很久。他吃着无花果饼思考着,你能从他呆滞的眼神里看出来,他逐渐入戏了,他很认真——彻底把这件事当真了。

"会,"马克说,似乎有点噎着了,"我想,嗯,杰毕会为了我们这样做。他会把我们藏起来,冒着一切风险。"

"我也这么想,"肖莎娜说,微笑起来,"哇,这真让人——作为一个成年人——能更好地欣赏别人的价值。"

"是啊,"马克说,"杰毕是个好人。"

"该你们了,"肖莎娜对我们说,"你们也来。"

"但我们认识的人你们都不认识,"黛比说,"我们一般会讨论邻居。"

"比如街对面那家,"我告诉他们,"他们是最完美的例子。他们家的男人米奇,他一定会把我们藏起来。我了解他,他会为正义而付出生命。但他老婆……"

"没错,"黛比说,"他说得对。米奇会把我们藏起来,但格洛丽亚,她一定坚持不住。等米奇哪天去上班了,她一定会出卖我们。"

"你们可以互相玩这个游戏,"肖莎娜说,"如果你们有一方不是犹太人,你们会把对方藏起来吗?"

"我来玩,"我说,"我来当那个外邦人,反正别人也看不出来。像你这样的女人,这个年纪了,衣柜里还留着过膝长的牛仔裙——他们想都不用想就会把你抓起来。"

"好吧。"黛比说。我站直了身体,把双肩往后收,就像排队等待受害者辨认的嫌疑犯。我站在那里抬起下巴,让妻子好好观察我,让她认真地看,认真地想,掂量她老公是否称职。我有足够的勇气吗?对她有那么在乎吗?——这可不是个轻松的问题,不是随随便便就能回答的——我会冒着生命危险救她、去救我们的儿子吗?

黛比盯着我看。然后黛比露出微笑,轻轻推了一下我的胸膛。"他当然会了。"黛比说。她迈出一小步跨越了我们之间的距离,使劲抱住我不放。"该你们了,"黛比说,"你和耶利也来玩。"

"这根本不合逻辑吧?"马克说,"就算只是想象。"

"嘘,"肖莎娜说,"站到那儿去,乖乖地当个外邦人让我看。"

"可如果我不是犹太人,我就不是我了。"

"那倒是。"我说。

"你看他也这么想,"马克说,"那我们就不会结婚,也不会有孩子了。"

"你当然可以想象了,"肖莎娜说,"你看,"她说,走过去关上了储藏室的门,"我们在这儿,在南佛罗里达,结果发生了第二次大屠杀。你不是犹太人,我们三个人都藏在你的储藏室里。"

"你瞧我这样子像吗?"马克说。

"我有办法,"我说,"你是 ZZ TOP 乐队①的和声歌手。你知

---

① 乐队成员都留着长胡子。

道他们吗？听说过这个乐队吗？"

黛比松开怀抱，拍了我的胳膊一下。

"来嘛，"肖莎娜说，"以那种身份来看待我们，想象这是你家，我们三人受你照顾，都关在这间屋子里。"

"然后你要干吗？"马克说。

"我在这儿看着你看我们。我来想象。"

"行，"他说，"来，玩吧。我站在这儿，你来想象。"

我们就这么开始了，我们四个，站在各自的位置扮演各自的角色，还真的都动了真格。我们真的都在想象那种情况。我看得出，黛比想象出了那种身份的马克，马克想象着那种情况下的我们，而肖莎娜就那么一直盯着她的丈夫看。

我们站在那儿待了很久，我真不知道到底过了多久，不过天色稍稍有点变了——储藏室的门上有个裂口，外面的阳光又一次变暗了。

"所以呢，我会把你们都藏起来吗？"马克认真地说。一天以来他第一次伸出了手，像我的黛比那样，把手搭到了肖莎娜的手上。"我会吗，肖莎？"

你能看出肖莎娜正在想她的孩子们，虽然这不是我们假设的一部分。你能看出她在想象里做了些改动。她顿了顿，然后说，会。但她没有笑。她说会，但马克和我们一样听懂了她的语气，所以他就开始不停地问，我怎么不会？我难道不会把你们都藏起来吗？就算这是攸关生死的大问题——就算这样做有可能救了你，他们却因此而杀了我？难道我不会吗？

肖莎娜抽回了手。

她没说出来，他也没说出来。我们四个人谁也不会把不能说的话说出来——这位妻子不相信丈夫会把她藏起来。接下来该怎么做？做了以后又会怎样？我们就那么站着，我们四个人困在那间储藏室里，不敢把门打开，不敢把锁在里面的东西放出去。

# 姐妹山

## I：一九七三[①]

在耶路撒冷东边不远处某座小山的山顶上，哈南·科恩望着远处飞扬的尘土，知道战争开始了。这一天是赎罪日，道路上空荡无人，车队高速驶向沙漠扬起的那片尘埃只有这一种解释。哈南伸手遮住阳光，想看得更清楚些。他就这样站在山顶，胡须在风中飘荡，身着长长的白袍，肩上披着晨祷的披巾。在古老群山的环绕下，他就像一尊超越时间的永恒雕像。

他走回只有一间屋子的窝棚，他和妻子及三个正值青春期的儿子都住在那里。他脱下长袍，穿上制服又拿起枪，他们不问也知道他看见了什么。

儿子们说："我们也一起去。一定能帮得上忙。"

---

① 一九七三年十月六日，埃及、叙利亚为收复失地，经过周密准备之后，向以色列发动突然袭击，开始了第四次中东战争，又称"赎罪日战争""十月战争""斋月战争"。

"留在这儿陪你们的母亲。"哈南说。

雷娜可用不着丈夫为她做出这种决定。她说："跟你们的父亲进城，看看在哪儿能派上用场。祖国需要你们。"

哈南点头表示默认。他和三个儿子一起向战场走去。

· · ·

当晚雷娜一夜无眠，为丈夫和孩子担心不已。这间窝棚还很新，设施简陋，这让她的担忧有增无减。窝棚建在一小片橄榄林里，没有自来水，也没有电。收音机的信号不是被四周的群山吞没，就是被树林挡住了。这里原始得连台电话也没有。

过了午夜，斋戒期结束了。她考虑要不要爬下门前的小山谷，再爬到另一侧的山丘上。对面的山顶上也有一座窝棚，住着另一户人家。在方圆几公里之内，他们两家是唯一的犹太人。那里住着一对夫妻和他们刚出生的小女儿，丈夫名叫斯特克，和哈南是好朋友。他们两人商量好买下了这片土地，打算在这个名叫撒玛利亚的地方安居，在此建立起一座繁荣强大的城市。

雷娜想，斯特克应该也看见了那阵扬尘。如果真是这样，耶胡娣特恐怕也抱着女儿随丈夫走到了最近的大路上，目送他离开这里上战场。雷娜真心希望她出去了，这里并不是可以独自在家的安全地带。窝棚里有对讲机，雷娜呼叫了耶胡娣特，但所有频道都没有回应，只有偶然传来的闪电般突然而断续的说话声。雷娜决定不去了。她不希望爬到对面的山头发现一个人也没有，只能在夜色中独自再爬回来。

雷娜背靠门口坐着,目光望向窗外。她把步枪放在腿上,默诵圣诗,观察外面是否有冲这边来的动静。她就这样坐了一夜,被僵直枝桠上抖动的树叶惊吓了不知多少次。更让她惊恐的是看不到的东西——窗前那棵树挡住了远处不断扩大的涌动的前线。

...

洗过手做过祷告,雷娜扛着斧子出了门,去估量活计的轻重。窗前的树是整座林子里最茂密的一棵,枝叶足足覆盖了方圆四米。但她抬头望向树冠,就知道自己一定能胜任——这棵树和这地方的人一样,矮得让人想不到它能如此坚硬顽强。雷娜往手心吐了两口唾沫,抡起斧子,用尽全力砍向盘根错节的树根。她砍了又砍,进展相当缓慢。每当感到孤立无援、累得无法再砍那顽固的树干,她就停下来直起身,越过树丛望向山脚下的阿拉伯村庄,然后挥斧再砍。

这位三个儿子的漂亮母亲砍着树,长发用方巾束在脑后。她站在这座景色优美的小山顶端,周围是山丘的海洋,天气晴朗得可以一直望见摩押的紫色群山。看着这一切,你会对事态的严峻浑然不觉,要不是她不时向布满岩石的斜坡投上一瞥的话。一看见有个很瘦的年轻人爬上那经过风吹雨打的古老阶地,她就把斧子戳到地里,端起了旁边的步枪。

雷娜装上一发子弹,把枪托稳稳地架在肩上,紧盯着沿弯曲小路爬上来的那个年轻人。他走到了雷娜面前,近得她不仅能一枪射穿他的心脏,还能直接用枪管把他捅下山去。他用阿拉伯语说:"别再砍我的树了。"

雷娜不会说阿拉伯语,也不想回答他。于是年轻人又用希伯来语说了一遍。

但雷娜仍然没有回答他,什么也没听见似的开了口:"你是谁?"

"我是,"他说,"你山下的邻居。"

"那就待在山下。"她说。

"我本来也没想上来,"男孩说,"但我抬头一看,发现你正在做无可挽回的事。"

"这是我的树,我的地,我的国家。我想砍就砍。"

"如果这是你的树,去年收割时我就应该见到你和我并肩劳动,前年也是,十年前也是,一百年前也是。"

"一百年前还没有你。总之,"雷娜说,"你回溯得还不够久。这片土地的契约非常古老。"

"那是神话中的契约,和你说的话一样没有意义。"

这时男孩住了嘴,一队歼击机正从空中飞过,在他们头上投下阴影。然后他又静默了片刻,知道紧随而来的就是天空开裂般的巨响。

"你会亲眼看到,"男孩说,"犹太人法庭将这座山还给我们。不过照这样子看,做出决定的会是战争而不是法官。要我说,不用到明天,最多后天,这棵树就会属于约旦、埃及,或者——如果上帝愿意的话——回归巴勒斯坦。"

"到了明天,"雷娜说,"它就会倒在山下。到了那时候,你和你家的人想把它运到哪个国家都行。"

男孩的脸色阴沉下去,仿佛又有飞机遮挡了阳光,只是天上空空如也。

"如果让我在山下发现这棵树,哪怕只是一根橄榄枝,"他说,伸出一根手指,"我就亲手把你种在这里。我告诉你,只要你再砍一下,你就会受到诅咒——你全家都会受到诅咒。"

"被枪指着心脏还这么说话,你真有胆子。"

"会无缘无故开枪的人早就开枪了。"

男孩转身向山下走去。走到一半时雷娜冲他喊了起来,她知道不该这样,却难以自制。"孩子,"她喊道,"小兄弟!我们真的要输了吗?"

...

雷娜就这么砍了一上午。每次挥动斧子,她都会想起男孩的诅咒和威胁,并猜测如果她砍倒了树,晚上他是不是真的会来。但那棵树非常结实,她的斧子需要重新磨一磨。她是个强壮的女人,但要完成这项工作,她的胳膊仍然需要加强力量,起码也要休息一夜。意识到这活计一天完不了,雷娜立即转身回了窝棚。她清走桌上的水杯和餐盘,把桌子竖起来靠到窗户上作为遮挡,然后将椅子转过去对着房间的另一侧。雷娜坐了下来,背对着窗户，枪就放在腿上，目光紧盯着门。那扇门那么脆弱不堪，夜晚降临的时候，她能透过木板的缝隙望见天上的星星。

深夜时有人敲门。雷娜第一反应是那个男孩来找她了。她困得睡眼惺忪，但仍一瞬间就跳了起来，枪架在肩上，手指扣着扳机。在惊慌中她把枪攥得太紧，突然想到敲门的可能是丈夫或儿子时，她已经无法遏止子弹出膛。就在那个短暂到无法拆分的瞬间，她猛然一抬枪管，射中了屋顶上的瓦片。

门外传来邻居耶胡娣特的尖叫。雷娜一边冲过去开了门，一边念着祈祷，感谢上天自己没有误杀朋友。等耶胡娣特抱着婴儿进了屋，门闩也好好地挂上了，雷娜点上用蜂箱改成的提灯，提到对方面前。她发现耶胡娣特怀里的婴儿姿势不太正常。看耶胡娣特抱着她的样子，雷娜判断这孩子恐怕已经死了。

"她这是……"雷娜说。

"病了，"耶胡娣特说，"烫得有上千度。我试过了所有的药方，念过了所有的祈祷。"她在慌乱中爆发出来，"我们为什么要搬到这儿来？是谁把重建这个国家的担子推到了我们肩上？只有你我两家，周围全是橄榄树和敌人。之前我就对斯特克说：'万一有什么紧急情况怎么办？我们没有电话，没有出去的路，周围全是山。等孩子出生了，万一有个三长两短可怎么办？'"

"我陪你下山去吧？"雷娜说，四处寻找钟表，"我们能在天亮前赶到路口。"

"太远了，也太危险。你也能看出来，这孩子的性命就取决于今晚。"

"让我抱抱她。"雷娜说,接过了婴儿。婴儿烫得像块白炭,嘴唇如树皮般深深开裂,小小的眼睛干涸而了无生机。雷娜并不认为她能挺过去。她把婴儿交还到母亲手里,拿起了粗陋窄床上叠好的毛毯。

"你要干吗?"耶胡娣特问。

"给你腾个地方休息。你睡觉,我来照顾婴儿。今夜我们轮流看着她。"

"我来不是想找人做伴,也没打算在这儿过夜。"

"那我还能为你做什么?"

"你可以把这孩子买下来。"

"什么?"雷娜说。

"故国有这样的风俗,可以骗过即将到来的灾难。我奶奶就是这样逃过了死亡天使的追捕。"

"我可以和你一起背诵圣诗,直到书页都化为尘土,"雷娜说,"至于迷信和魔法……"

耶胡娣特伸手兜住婴儿的头,将女儿正依靠的那侧肩膀转了过去,仿佛雷娜就是披着伪装的死神。

"你不明白吗?"耶胡娣特说,"否则上帝为什么要在赎罪日这一天把我丈夫叫上战场?不仅如此,他还要到我家里来,带走他刚刚送给我的恩赐?我抛下所有家人,搬到了一座荒凉的小山上,为以色列的统一牺牲了自己的幸福。不,我一定是犯下了什么罪,一定有什么我没发现的邪恶在作祟。但那是我自己的邪恶,这孩子却是独立的存在,她纯洁无辜。"

"你觉得把孩子卖掉就能止住这么烫的高烧?"

"如果她不再是我的孩子,"耶胡娣特说,"如果她对我来说微不足道,我可以为一点点钱就把她卖掉。如果她属于另一位母亲,也许那些对我们感兴趣的神秘力量就会觉得根本不值得出手。如果她真的不再是我的孩子,"耶胡娣特说,仿佛头顶正笼罩着一片不祥的阴云,"也许即将到来的什么就会失去目标。"

雷娜点头表示接受。她在装满书籍的蔬菜箱里四处翻找,拿出藏在那里的一叠纸币,递给了耶胡娣特。耶胡娣特抽走了最上面不值钱的一张。"两普鲁特①,"耶胡娣特说,"我只要一块面包的价钱。"然后她又把钞票递回雷娜手里,挺直身体做好准备。

"我宣布,这孩子属于这间房子,她是这家的女儿,"耶胡娣特说,"我和她从此再无瓜葛。"她把烧得滚烫的婴儿递给雷娜,拿走了那张钞票。"对你,"耶胡娣特说,"我只有一个卑微的请求。"

"什么?"雷娜说,被这庄重的仪式感动得湿了眼眶。

"为了保证这场交易的约束力,请你允许我分担你的责任,共同抚养你的女儿成人。我会像母亲一样好好照顾她——虽然我不是她的母亲。如果你允许的话,我会用爱抚养她,用以色列的方式教育她,把她的生命看得比自己还重要。你能接受这些条件吗?"

---

① 货币单位,一普鲁特相当于千分之一以色列镑。

"我不能。"雷娜说。耶胡娣特脸上露出了惊怖的表情。"我把我的女儿借给你,直到她成人为止,"雷娜说,"但条件是你们俩今晚都住在这儿。我的女儿可不能发着这么高的烧还离开我,走进这么黑暗、寒冷的夜晚。"

"当然,当然,"耶胡娣特说,往前迈了一步,"一言为定。"就这样,耶胡娣特拥抱了雷娜,发烧的婴儿夹在中间,虚弱得哭不出声。耶胡娣特对着雷娜的耳朵低喃:"愿上帝保佑我们正在战斗的丈夫,保佑我们的国家。愿上帝拯救这个女婴,保佑这个家,并且永远保佑你。愿上帝保佑我们的新城市,虽然它只是姐妹山上的两间茅舍。"

"阿门,"雷娜说,"谢谢你。"她吻了一下朋友的额头。

耶胡娣特退后一步,擦去脸上的泪水。"你也许觉得这是愚蠢的迷信,"她说,"但我相信语言的魔力。"

雷娜望向角落里灌满清水的牛奶瓶。"我儿子发高烧的时候,我会给他们洗冰水浴降温。"

"如果我有冰,"耶胡娣特说,"我早就给她洗了。"

"总能想出办法的。"雷娜拿起枪,出门走到领地的最北边,那里有一大块挡风的巨石。她在黑暗中爬上了那块石头——上面的每一道凹陷她都很熟悉。每天早上气温较低的时候,她都会爬上去,在阴凉处放个装满水的汽油罐,等白天劳动的时候喝。现在她拿起了那个罐子,站在岩石上拧开罐盖。她一边把罐子夹在手肘处拧着,一边眺望约旦的方向,寻找战斗的迹象。然后她拿起罐子仰头喝了一大口,满意地感觉到冰冷一直渗入了骨头。

. . .

雷娜睁开眼睛,发现自己坐在椅子里,枪架在腿上,圣诗摆在手边。窝棚的前门大开,晨光倾泻而入。她走出门,看见耶胡娣特坐在西边山崖尽头的树下,轻轻摇晃着怀里的婴儿,脚下摆着一把小型自动手枪。听到她的脚步声,耶胡娣特回过头来,对朋友露出微笑。雷娜知道,婴儿的病情一定有所好转。

"你瞧。"耶胡娣特只说了这么一句话就伸出手,越过对面自己家的窝棚,指向更远处的山谷。一个身着军服的以色列士兵正向她们走来,身影随地势起伏若隐若现。他打开一张地图,地图反射的阳光将他照得无比耀眼。

"真是个奇迹。"雷娜说。

"奇迹。"耶胡娣特说。雷娜捡起朋友的枪,想开火又随即打消了念头。她回窝棚拿了颗照明弹出来,拉开引线,蹦跳着冲士兵大喊大叫。她拿着照明弹来回挥舞,然后将它高高地抛到远处落下了山。对方挥手回应了她。

士兵一路快步跑到山顶,弯腰撑住膝盖缓过一口气,站起来抬胳膊抹去了额头上的汗水。

"你能撞上我们真是个奇迹,"雷娜说,"我们的小孩病了,这位女士需要带她去诊所。你有吉普车吗?她不能就这么一路走过去。"

"在大路过来一公里的地方。我只能开那么远,再往上的路太陡了。"

"带她去吧,"雷娜说,推了他一把,"快去。谁知道还剩多少时间。"

"我这就带她去。"士兵说,把衬衫塞进裤腰、裤脚塞进靴子,突然一下子站得笔直,"不过先告诉我,你们哪位是雷娜·巴拉克?"

雷娜又向士兵伸出手去,这次是扶住他不让自己摔倒。"这么说,"她说,耶胡娣特快步走过来搀住了她,"对我来说是没有奇迹了。"

雷娜接受了丈夫的死讯,然后说:"谢谢你,勇敢的战士。去找我的三个儿子,叫他们将父亲好好埋葬。母亲在家里等他们。"她招手叫耶胡娣特下山,不想再耽误他们的时间。

"我们会举行一场葬礼,"士兵说,"吉普车能坐下三个人。"

"瞧瞧你周围吧,"雷娜说,"这地方只有两所房子,只有我们两家人。如果两家的母亲都离开这里,那就相当于放弃我们刚开始建造的一切。山下的邻居用不了多久就会上来。要让犹太人的土地重新落入阿拉伯人手里,是比根本不回到这里更加无法饶恕的罪。我们这里也在打仗,与夺走我丈夫的那场战争相比也毫不逊色。告诉我,年轻的士兵,"雷娜说,"那边打得怎么样了?"

· · ·

棚屋里没有镜子让雷娜遮盖,她衬衫的衣领也早就开了口子。①她的生活里没有哪一方面还能变得更艰苦，无法以此表达哀思。于是她就在放书的牛奶箱上坐下来，开始默默哀悼。之后两天，她一直坐在棚屋门口张望，等着有谁经过，分享她的哀思。

到了哀悼的第三天，雷娜欣慰地看见三个儿子爬上了山。他们背着各种物资，身后还跟着一队男孩。

三个儿子和母亲一起恸哭了一场，随即退到一边，让后面那些男孩走上来，对成为天国哀悼者一员的雷娜表示致意。

大儿子耶米亚胡对她解释："这都是我们犹太高等学校的孩子，来帮我们组成祈祷班②，这样我们就能在家为父亲唱赞美诗了。"

二儿子马蒂亚胡长着一张娃娃脸，尽量显出坚忍的样子："为了纪念和缅怀父亲，他们都发过了誓。"

听到他提到誓言，男孩中最高的一个鼓起勇气开了口："我们会把这儿当成自己的家。我们不会离开这座山，直到这里的人口抵得上我们的十倍，直到我们七个变成七十个。"

刚行过受诫礼③不久的小儿子祖奇走上来，拥抱了雷娜。"你就等着瞧吧，母亲，我们的地盘会逐渐扩张。"

"好的，儿子。"雷娜说，进入了每家在哀悼时都会短暂经历的那种快乐状态。"感觉就在几周之前，"她说，轻挠着他的上

---

① 盖住镜面和撕开衣领都是犹太人哀悼死者的风俗。
② 一般由十人组成。
③ 犹太人的成年仪式。

唇,"我们家的男人刚从三个变成四个。"所有人都笑了,然后又恢复了严肃。三个儿子围着母亲坐到地上。其他七个不用哀悼的人马上开始清理地面上的石头,拔除野草,在山上搭起了各自的帐篷。

## II：一九八七

多年后人们仍在谈论那一天,谈论姐妹山是如何变成了一座城市。听他们讲述的人都非常感动,以至于忘了问那个女婴后来怎么样了,哈南葬在了哪里,雷娜有没有再婚,那个阿拉伯男孩后来有没有再为那棵树找上门来。这些事和那七个跟随雷娜三个儿子回来定居的男孩一样,都成了传说中的一部分,讲述着这位伟大女性做出的牺牲和如当年犹太拓荒者一般的坚定意志。

大地上实际存在的事物加强了这些故事的传奇性。一个人很难相信,在短短十四年里——正好是她小儿子岁数的一半,这片土地就能发展得如此繁荣。

这里有铺好的平整道路、两所学校、一所宗教学院、一所犹太教堂。有位来自得克萨斯州的传教士爱上了这个地方(虽然另一种更高层次的爱又让他离开了),修建了一座体育健身中心,里面还有西岸地区唯一的滑冰场。

这座城市完美地利用了地形,一排排的房子依山路旋转着绵延而下,让人回想起当年的阶地。完美对称的红顶白墙一路向下延展至山谷最底部，离东边的阿拉伯村庄挨得那么近，阿拉伯人不得不把农田当成了第一道保证安全的防线。这座城市崭新得闪闪发亮，两座满眼绿荫的山头将它衬托得更加美丽。一座山头上有片橄榄林，另一座则没有。它们属于最开始在此定居的那两户人家，模样也和他们当初搬到这里时并无二致。不管是灌注了混凝土的平整道路、街灯、鹅卵石、公共长椅、邮箱，还是细长的常青树，这些沿山一路向上的常见景物都会在即将抵达山头时骤然而止。那情景就像山峰间露出了一对绿色的乳头，连最虔诚的人也会忍不住这么说。

雷娜的窝棚添设了自来水和电线，除此之外与以前毫无区别。她的整个领地只有两处变化：最南边竖了两根两层楼高的木杆，上面架着宣战用的警报器；最北边那块巨石上摆上了一块方尖碑，看起来就像是它自己艰难地从石头里挤了出来。它就是这座城镇的战神像，上面刻着所有战争牺牲者的名字。

哈南是姐妹山的第一位烈士，人们是多么希望他也是唯一的一个啊。等巴勒斯坦人暴动的战火燃遍约旦河西岸①，这块石头上的名单长度已经远远超过了这个城市的历史。上面有雷娜的大儿子耶米亚胡，他战死在一九八三年的的黎波里②。跟他来到这里的七个男孩里有两人和他并肩作战，也牺牲了。就在几天前，雷娜又失去了她的二儿子，娃娃脸的马蒂亚胡。他现在已经是大

---

① 一九八七年末，巴勒斯坦人为反抗以色列占领而起义。
② 的黎波里是黎巴嫩城市。一九八二年至一九八三年发生了以色列入侵黎巴嫩的第五次中东战争。

人了,年近三十,春天时好不容易刚订了婚。当然了,马蒂亚胡的名字暂时还没刻到已有的八个名字旁边。

起因是山下阿拉伯村庄的人扔石头。几个年轻士兵被困在了另一头的干河床里,被这种突如其来的近距离袭击弄得不知所措,于是这边的人就跑下去加入了战斗。在这样的混战中,雷娜莫名失去了一个儿子。她的马蒂,她的战士。这甚至不能算是场真正的战争,只有催泪弹、岩石和橡胶子弹而已。雷娜至今仍然不敢相信,她英勇无畏的儿子就这样输给了乱扔石头的男孩们。

她仍处于持续七日的服丧期。失去丈夫时,她像亚拉伯罕①似的独自在门口坐了三天三夜。现在不一样了,几乎整个城市的人都在她家中进进出出。所有人都谨记着这片地方的起源,对这座城市的创立者怀有几近信仰的崇敬。

在所有来看她的人里,住得最远的是她的小儿子祖奇,她仅剩的唯一的孩子——但在雷娜眼里,他和死了也没什么不一样。祖奇住在海法②,是个自由主义者,世俗主义者,同性恋。他和在犹太学校里认识的男孩同住一间公寓。祖奇告诉母亲,他们可以在阳台上眺望大海。说这话时他眼睛里闪着光。

这是她儿子,和她一样,是这座城市的开拓者。雷娜看着他,简直难以相信一个人能在一生的时间里有如此巨大的变化。

---

① 犹太教的先知,传说中希伯来民族与阿拉伯民族的共同祖先。
② 以色列西北部海港城市。

他就坐在那里接待整个城镇的来访者，头上戴着圆顶小帽，仿佛这是他生来头一次戴这种东西。他穿着系好纽扣的衬衫，本该用披巾盖住的地方隐约露出了底下的黑色T恤。他胳膊上有个海豚形状的刺青，就那么大剌剌地露在外面给人看，和特拉维夫市那些坐在沙滩上喝啤酒的废物一样。

当他告诉她自己是怎样生活的，雷娜发誓永远也不要见到他称为伴侣的那个男孩。祖奇说无所谓，他也发了誓永远不跨过那条绿线，不会离开真正的以色列，踏入它额外占领的地域。当他的第二个哥哥也死了，雷娜没想到他还会回来看她。但他还是回来了，就在这里，在她身边。她伸手握住他的手，两个人默默交缠手指。她对儿子说："你能为马蒂回来真是太好了。"

"为了我哥哥，也为了你。"他说。然后他站起来，走到窝棚里聚集的人群中央，开始为死者祷告。

### III：二〇〇〇

世界的变化快得让人难以置信。仅仅十三年之后，姐妹山地区就成为了一座大都市。由一小块新地作为桥梁，定居地和西边一块居民年龄较轻的城镇融合了，在军事地图上的形状像个杠铃——这也正是派来保卫这里的以色列军队给它起的昵称。新的城镇带来了一所规模不大的宗教学院，提供各种层次的法律学位。这里不但有购物中心、美食广场和放映各种美国电影的多厅影院，还有精品酒店、历史博物馆和一家医疗中心，除心脏移植之外几乎无所不能。在连接旧城与新城的道路两旁，种植水培番茄的大棚一个挨一个，覆盖了不知多少杜纳姆①的土地。这些大棚由机器自动浇灌，泰国工人负责照看，番茄苗不知怎么都是倒过来长的，根茎在最顶上，浑圆的果实垂向地面。

这样繁荣的都市里仍存留着一小群理想主义者，都是最初那七个男孩和后继那七十个的家人。这里有跟随库克拉比②的坚定分子，有传统的信仰救世主降临的人，也有各种流派的虔诚犹太复国主义者。这些都没能阻止这里变成一个庞大的宜居社区。那些长满九重葛的阳台后面住着形形色色的人，有开车去贝尔谢瓦教课的大学教授，有每天坐公交车去耶路撒冷科技园区上班的创业者，还有把班古里昂机场当成中央汽车站，每天飞到欧洲吃午饭、当晚再飞回来的冒险资本家。在这些新邻居里，还有一小群男人是开拓者、农民和斗士都同样无法理解的：他们身体健康，但肤色苍白、小腹松软，每天过着日本、印度或美国的时间，做生意或写代码，独自养活各自的大家庭，却从未出门晒过太阳。

他们来这里是为了逃税，为了这里的空间、景色和新鲜空气，为了那些倒过来生长、和他们一样从不见阳光的番茄——这可比他们之前在沙因克因街③上那家"奥纳＆埃拉"豪华餐厅里吃的沙拉味道好多了。

---

① 以色列土地面积单位，十杜纳姆约合一公顷。
② 当代以色列最有影响的教士之一，支持犹太复国主义。
③ 位于以色列第二大城市特拉维夫。

...

阿赫莱特是个虔诚的女孩，穿着长至曳地的裙子和盖到手腕的衬衫。她身上有种精于世故的气质，但她做出的选择却总是与世故背道而驰。她从山上的女子学校毕了业，服役时负责帮助城里的老人。她最年长的妹妹去耶路撒冷上了寄宿学校，父亲又在移民运动中去了美国，到处奔波，做着济贫工作（他的使命）并寄钱回家（不寄不行）。她选择留在家里帮助母亲，照顾八个兄弟姐妹中的老幺，维持家中的日常运转。她家所住的房子是个奇特的迷宫，有很多扩建的房间，每当节假日所有人都回来时还会不时挤得木椽开裂。这样的窘境导致阿赫莱特二十七岁还未结婚。在他们的社区里，这足以被人视为老处女。

阿赫莱特端着洗衣篮跨进房门，刚从晾衣绳上收回来的干净衣物都还保持着晾晒时的形状。她看见后面的屋子里有什么人冲了过去。一开始她还以为有人入室抢劫，但随即她的眼睛适应了室内的光线，看清了明显属于老妇人的身影。"太太！"她喊，语气还算客气，"女士，有什么能帮上你的吗？你来我们家有什么事吗？"听到这话，那位妇人竖起了耳朵，身上绷紧的能量全都向阿赫莱特冲了过去，她自己则乘着这股波浪紧随其后。

"你母亲，"妇人喊道，"你母亲呢？"她说。

"她在晾衣服。"阿赫莱特说，隔着墙指向晾衣绳的方向。

"过来，过来。"妇人说，抓住了阿赫莱特的胳膊，时而引领,时而跟随,在房子里横冲直撞。

见到她们快步走来,耶胡娣特叼着晾衣夹、拿着一只湿袜子歪过了头。

"这就是我买的那个?"雷娜吼道,把阿赫莱特拽过来,"这就是属于我的那个?"

阿赫莱特从没听说过自己大病一场、几乎死掉的故事。比起这个拽着她的妇人提出的问题,母亲的回答更让她惊讶。耶胡娣特把袜子扔回洗衣篮里,拿下唇间的晾衣夹,说:"对,对。这就是属于你的那个。"

...

尽管两座山头永远相对而望,两家人的生活和命运却拉开了比山间更远的距离。已经很少有人知道雷娜还生活在山上,就算是对那些知道的人来说,她也只不过是橄榄林里的一位老太太。耶胡娣特则不同,她和家人搭上了定居地发展的顺风车,日子过得欣欣向荣。

耶胡娣特从没忘记过她的创始姐妹雷娜。雷娜明明牺牲了那么多,日子过得却很艰苦。每过几个月,耶胡娣特都会去看看雷娜,总是假装突然想起包里还有块蛋糕或一只烤鸡。她对雷娜一片赤诚,但她能看出来,生命里遇到的那些事让雷娜变得严苛无情。耶胡娣特会带孩子们去探望孤独的人,但她已经很久没带别人去橄榄林里看过雷娜了。就这样,雷娜已经好多年没见过耶胡娣特的女儿们,而阿赫莱特也已经不认得母亲口中的这位巴拉克太太。

雷娜放开阿赫莱特的胳膊,从裙子口袋里掏出一只小小的诺基亚手机。信号塔架起来之后,超市曾免费派发过成千上万个这样的手机。雷娜把手机递给耶胡娣特和阿赫莱特,仿佛光是看着手机就能读到里面的通话内容。

"祖奇,"她说,"我最后的儿子,他死了。"

和这个国家的其他公民一样,耶胡娣特和阿赫莱特都会随时收听每天的国际新闻。黎巴嫩和加沙都毫无动静,整点广播里没提到任何恐怖袭击,这是个安静和平的九月清晨。

但结束祖奇生命的不是来自外部的军队,不是政治,也不是宗教。带走他的是以色列内部的灾祸,这种事故带走的生命比之前所有漫长战争中的牺牲和仇恨加起来还要多。"撞死的,"雷娜说,"海岸高速。撞死他的男孩开到了一百八十公里每小时。"

"真实的审判在上①,"阿赫莱特说,然后又补充,"愿主怜恤你,这悲痛的损失。"

"坐下,坐下。"耶胡娣特说,把用来装干净衣物的洗衣篮扣到地上,扶着雷娜坐下来。"又一场悲剧,"她说,"一户人家到底能遇上多少次?"她一边说一边走到屋檐下,使劲扯着上面一株细小的薄荷。屋子这一侧长了不少这种植物。她伸手把薄荷叶递给阿赫莱特,让它们在女儿手里落成湿润的一堆。"快去,"她

---

① 原文为"Baruch dayan emet",犹太传统中听到死讯时的回应。

说,"给雷娜倒杯热茶来。"

阿赫莱特还没来得及走,雷娜就抓住了她的裙子。"不用喝茶,"她对耶胡娣特说,"我们马上就走。"

阿赫莱特不知道自己婴儿时的那场高烧,也不知道当时进行的那场交易。听到这句话,她不禁加上之前的对话一起思考起其中的含义。

还小的时候,阿赫莱特会将头枕到母亲腿上,央求她用手指梳理自己的头发,讲讲自己还不记事时的故事。耶胡娣特总会骄傲地讲起:很久很久以前有两座空山,它们是上帝赐予以色列的,但以色列却早已将它们遗忘。有一天,两个勇敢的家族来到这两座山上定居。其中一家有三个年轻的男孩,另一家则是夫妇两人,他们来到山上后生了一个小姑娘。对这片定居地而言,这个小女孩就是上帝的恩赐,和亚当的夏娃一样宝贵。

现在,阿赫莱特盯着母亲,从母亲脸上的表情看出,还有个故事是自己从来没有听过的。

"看这边。"雷娜说,扯了扯她的裙子,让阿赫莱特转过目光,"看着我,看着这张脸。你有问题都该找这边。"

然后雷娜又使劲拽了下裙摆,不是为了把阿赫莱特拽倒,而是为了让自己站起来。站好以后,她盯着阿赫莱特说:"走吧。"

"拜托,"耶胡娣特说,"你不会真想这样做吧?今天——尽管你很悲伤——和以往并没什么不同。就算在这场事故之前,祖奇对你来说,也已经像不存在一样了。"

"就算孩子离得很远，"雷娜说，"孩子叛逆，已经不存在于你的头脑和心灵里，那也和没有孩子不一样。你一直都是个聪明的女人，"雷娜说，"现在这件事根本不能相提并论。不过很快，你就能隐约理解我已经经历过三次的感受了。"

"那只是个玩笑，"耶胡娣特说，慌乱地提起了她们的交易，"整件事都只是愚蠢的迷信罢了。你自己也这么说过——都快三十年过去了，我还记得很清楚，就像是昨天的事——你说那不过是故国的古老巫术，是母亲因为担忧而耍的把戏。"

"交易就是交易，"雷娜对耶胡娣特说，然后又转向阿赫莱特，"女儿，跟我走。"

· · ·

这个女人刚刚埋葬了自己的儿子。这个女人刚刚疯了。耶胡娣特曾和她一起度过了最艰难的日子，肩并肩一起建起了这座伟大的城市。耶胡娣特觉得让女儿陪她回家也无妨，和她一起坐坐，安慰她，也许再给她做顿饭。想想看：她刚开始新生活，丈夫就战死了。两个儿子作为英雄牺牲了，小儿子则一直和她没有联系，跑到了道路的彼端。而耶胡娣特自己呢，她生了九个孩子，全都健康快乐地活着，身边还有最爱的丈夫。他经常出远门，但总会派回一个又一个犹太人来代他照顾家里。出于这样的考虑，耶胡娣特让阿赫莱特跟着雷娜走了。阿赫莱特只听了一半的故事，无法完全理解母亲的考虑。但她是个称职的女儿,也明白当有人陷入痛苦时,邻居有时会以奇特的方式提供帮助。

两人向山下走去。阿赫莱特转身望向母亲,希望能得到暗示,想在身边女人的注视下,以不失尊敬的方式与母亲交换些信息。雷娜说:"我知道你想问什么,女儿。答案很简单。你还是婴儿的时候,我把你买了下来。不管意愿和目的为何,你都是我的。"

"母亲!"阿赫莱特情不自禁地冲耶胡娣特喊了出来。

但回答她的是雷娜。她又抓住女孩的裙子使劲一拽,问道:"怎么了?"

...

"这是悲恸引起的疯狂。"拉比说,耶胡娣特跟在他身后穿过超市。她先是打电话给犹太教堂,然后是宗教学院,最后是学校。秘书说拉比去超市买东西了。耶胡娣特在超市找到了他。他推着购物小车,里面装满了成盒的冰淇淋,那是给学生仁慈行为的奖励。他这么说:"我们做正确的事,是因为那样做是对的——但这并不代表小孩就不能因此得到奖赏。"听她讲了事情的来龙去脉,他说:"等七日服丧期结束,我向你保证,但不能发誓①,巴拉克太太绝不会把你的保证当成具有效力的契约。"

---

① 原文为"bli neder"。

耶胡娣特站在冰冻商品的货架边上，看起来差点就要哭了。拉比以睿智拉比所特有的方式点了点头。他又高又瘦，虽然年纪已经很大了，胡须仍然是全黑的，外表看起来比实际年龄年轻了二十岁。所以当他冲她露出友善的微笑，耶胡娣特感到了另一种安心，一种类似于丈夫所给予的安心。对于丈夫不在身边的耶胡娣特而言，这让她感觉非常踏实。

"我知道你不想这么说，"拉比说，"但你我之间直言无妨：雷娜过了这么多年的孤独生活，你觉得她的心已经变得冷酷无情。"

"这正是我害怕的。"耶胡娣特说。

"那就让我来为你指出另一种可能吧。就算她把你告上了犹太法院，你站到了犹太法庭上，你能想象这么一件事会作为案件进行审理吗？"见她没有回答，他又问了一遍，"这么说吧，你能想象我站在她那一边吗？"

"不能。"耶胡娣特说。

"所以要记住，和你一样，如果没有她，我们在这里的生活，这项伟大的奇迹，就根本不可能发生。就算她没有对这座城市的建立作出任何贡献，就算——愿上帝原谅——她只图享受，甚至造成过破坏，就算如此，在这样悲恸的时候，我们难道不该可怜她吗？何况这位夫人经历过的悲伤要远远多过快乐。"

"是。"耶胡娣特说，但疑虑的神情仍未消失。

"说吧，"他说，"你想问什么？"

"你能不能告诉我,老师——我懂这个词字面的意思——但是既然她带走了我的女儿,所谓'可怜'到底是什么意思?"

"它的意思是,如果让阿赫莱特陪在这位女人身边,直到哀悼结束,这会伤害到阿赫莱特吗?"

耶胡娣特想回答,拉比抬起手止住了她。"等男孩们吃完冰淇淋,我就派他们去祈祷,再派些女孩去帮忙。你的女儿不会是独自一人。如果维持这种幻想能让雷娜撑过这个礼拜,稍微纵容她一点又有什么关系呢?"

"如果她不肯放弃呢?"

"那你就召集犹太法庭,我来主持公道。我向你保证,就算只剩一小时就是安息日,我也能再找来另外两个法学博士,把这个问题解决掉。但建立这个社区的两位母亲之一刚刚失去她最后一个儿子,我不会让她现在就受到审判。"

"好吧,"耶胡娣特说,"如果阿赫莱特愿意,我就让她陪着雷娜,直到哀悼结束。"

. . .

这次的哀悼和马蒂、和耶米亚胡那两次都不一样,更像当年她失去丈夫哈南的时候。城里的新住民不知道雷娜是谁,正统的米兹拉希犹太人则自从她切断与祖奇的联系后就遗忘了她这个儿子。城里还有很多人觉得那孩子是因为堕落的生活受到了惩罚,只不过他们不会说出来。他们担心来探望他母亲时会在神情中透露出这种想法，所以就装出一副匆忙的样子，告诉自己改天再去，然后一直拖到服丧期结束。

就这样，雷娜的窝棚里再次举行了哀悼仪式，参加的人只有山下宗教学校派来的男孩。唯一的不同在于，还有一些女孩跟他们一起安慰她。当然了，此外还有阿赫莱特，她接待着这些客人。

每当雷娜要对阿赫莱特说话时，她总是说"女儿，来杯茶"或者"女儿，来块饼干"。那些聪慧的女学生坐在雷娜身边，无法理解为什么这个女人在哀悼自己的儿子，她女儿却没为兄弟掉一滴眼泪。雷娜对她们说："要问为什么我独自服丧，他的妹妹却毫不哀悼，故事说来话长。"

阿赫莱特每天睡在窝棚的一张小床上，只有每晚出门去上厕所时才能得到片刻安宁。厕所里安好了下水管道，但和窝棚离着一小段距离。在去厕所的路上，阿赫莱特会偷偷跑到竖着纪念碑的那块岩石上。她会借着手电筒的光默读上面的那些名字，提醒自己这样的牺牲算不了什么。

耶胡娣特每天都会来祭奠死者，并确定曾是自己的女儿安好无恙。在哀悼结束那天最后的仪式上，她自告奋勇地为大家烤了蛋糕，以保证当哀悼的母亲起身离席、走出房门时，自己能在现场。

耶胡娣特和阿赫莱特站在阳光下，默默地看着雷娜绕着山顶走路，完成宣告哀悼结束的传统仪式。等雷娜走回门口，耶胡娣特祝她健康长寿，然后牵起阿赫莱特的手，说："来，孩子，走吧。"

雷娜疑惑地歪过头,就像她之前去耶胡娣特家拽走阿赫莱特时耶胡娣特所做的那样。"你要把我女儿带到哪儿去?"雷娜说,"哀悼结束并不等于契约的结束。"

耶胡娣特已经为这一刻做好了准备,之前反复在脑中排练了不知多少次。她从兜里掏出了当年雷娜给她的那张纸钞。这么多年来,她一直把它当作纪念物好好保留着。

雷娜笑了起来。"里拉?"她说,"现在都不流通了。"

"那我就付你谢克尔,美元也行。随你所愿。"

"给这么个女孩定价?"雷娜说,"什么样的母亲会卖掉自己的女儿?"

"你知道我为什么那么做,"耶胡娣特说,"为了救她。"

"我还知道你是在什么情况下那么做的,我也知道有什么东西变了,"雷娜示意她们周围的一切,"多年以前,我们为这两座山付了多少钱?现在要买下这上面的城市又要多少钱,想想看吧。你要知道,耶胡娣特——我在这世上孑然一身,只剩下我的女儿了。就算给我这世上所有的宝藏,我也不会把她卖掉。她就是我能得到的和平,我的心安,"雷娜迈前一步,伸手轻柔地触上了阿赫莱特的脸颊,"我的生命。"

然后雷娜的力道变了。她用同一只手抓住阿赫莱特的手腕,紧紧攥着。

"母亲。"阿赫莱特喊道,真的害怕起来。

这一次,回答她的仍然是雷娜。

...

三位拉比坐在巨大的橄榄树下。他们架起了塑料椅，面前摆了张塑料桌。雷娜拒绝回应他们的上庭传唤，理由是这件事根本不足以成为一个案件。当基杰尔拉比（之前买冰淇淋的那位）提议说让他们几个审判员上她家去，雷娜只说："我家的门一向为所有人敞开，即便是在这里还没有人的时候。"

就这样，几位拉比将车开到了道路的终点，塑料桌椅绑在斯巴鲁牌汽车的顶上。他们在树下摆好了阵势，那是这里最阴凉的地方。没人想到要看，也就没人注意到树根处的那道伤口。它已经被新树皮层层覆盖，在过去的二十七年里愈合成了一道瘢痕。

拉比对面站着阿赫莱特和她的母亲耶胡娣特。旁边摆着一把从屋里拿出来的椅子，阿赫莱特的另一位母亲雷娜就坐在上面，面对着几位拉比，等着轮到自己开口。耶胡娣特的讲话感情强烈、充满紧迫感，但雷娜没听。她只是盯着基杰尔左右的两个拉比看。如果说基杰尔比雷娜年长十岁，他右边的那位就比他还要年长十岁。至于他左边的那个小拉比，雷娜相信他连受诫礼都没举行过。要让他坐在这儿来审判她，至少也该让人把他的裤子拉下来，确认那三根毛长齐了再说。

耶胡娣特说完话，又拿出了雷娜用来买下她女儿的那张纸钞。拉比们将纸钞摆到桌上，在上面压了一块石头。

"他还是个孩子，"雷娜说，指着那位年轻的拉比，"从没见识过耶路撒冷分裂时的世界。他只认识这个更加强大的以色列,他可以在统一的城市里的圣庙脚下祈祷,可以毫无畏惧地穿过约旦,站在戈兰高地上俯瞰自己的国家。他现在能坐在我的土地上、坐在撒玛利亚的中心,全是因为先人们所做出的牺牲。"

基杰尔想说话,但年轻的拉比伸手按住他的胳膊,自己开了口。

"我承认你说的话,"小拉比说,"但在这一生里,我已经取得了如今的地位——法庭必须得到尊重。"

"什么样的尊重?"雷娜说。

"法律所带来的尊重。你作出了牺牲,"他说,"你参与了战争。而我以自己的方式战斗。看看我们吧。我们在犹太国家生活,有个犹太政府,但它虚伪而世俗的法庭却派犹太士兵来摧毁我们建起的房子。他们视自己为义务警员,逮捕我们的兄弟,尽管我们的兄弟只是想保护上帝所赐予的东西。就是这些法官,在同样的法庭里,把犹太人的权利赐予阿拉伯人——仿佛拿着这里的护照就能成为这片土地的居民。你打过了你的仗,现在我们还在打我们的仗。幸好这个国家还有某些地方仍然依据犹太法律来审判,正如神圣的上帝——愿他保佑——所希望的那样。为此我感激不尽。"

"你会依照上帝的意愿来审判我?"

"我们会依照渺小人类所能掌握的法律来审判你。"

"我就是想听你这么说。"雷娜从椅子里站了起来,走到三位拉比面前。她望向耶胡娣特,又望向阿赫莱特,她的女儿。

"就在离这里不远的地方,"雷娜说,"以扫①打猎归来,又累又饿,于是用长子的名分换了一碗红豆汤。就在这些山丘之间,亚拉伯罕,我们的父亲,取来一头三岁的母牛、一只三岁的母山羊、一只三岁的公绵羊、一只三岁的斑鸠和一只雏鸽,把牲畜全都剖开,只剩下两只鸟没动,然后把这些全都摆出来给秃鹫吃,以此和上帝立了约,让我们拥有了这片土地的所有权。亚拉伯罕拿出四百枚纯银的谢克尔,买下了一口洞穴,死后葬身于此——直至今日,我们仍然和阿拉伯邻居一起,在这洞穴之上抛洒热血。所以告诉我吧,我说的这些契约,不管是和神还是和人所立,没有任何字句,只靠人们的记忆流传——它们现在还有效吗?"

三位拉比面面相觑。最后右边的老拉比开了口,他嘴边雪白的胡须染成了棕色:"别让今天成为渎神之日。别把现代的琐事与《圣经》时期的做法相提并论。"

"我只是想问,上帝只靠口头许诺把这片土地给了我们,这份契约是仍然有效,还是已经失效?我怀着尊敬和荣耀这样问。"

"既然立约的另一方是上帝,我们不需要纸上的证明。至于你所说的人与人之间的契约——那也都写在律法里了,每一个词、每一句话都是由上帝在摩西耳边说出来的。所以对你的回答是:它们仍然有效,无可置疑,但是,不能用来相提并论。"

---

① 《圣经》里的犹太人祖先之一,是个斗士和猎手。

067

基杰尔开了口。"我跟你说,巴拉克太太。我知道你无意渎神,我知道这件事对你而言意义重大。但我们还是就事论事吧,没必要过分夸张。"

耶胡娣特叫了起来:"我女儿,我女儿的命——别这么不当回事。"

"是我的女儿,"雷娜纠正道,"她是我的女儿,就像这是我的城市,就像这场审判正在我家里举行。既然你说古老的契约不能相提并论,那我们就谈谈现代的吧。从耶胡娣特和她丈夫买下那座山、我丈夫和我买下我们脚下这座山的第一天起,山下的阿拉伯人就说这是虚假的契约,是场卖主根本无权出售的交易。"

"那是阿拉伯人的看法。"基杰尔拉比说。

"这么说,我们的城市建立在谎言之上?它的历史没有三百年,只有三十年。如果阿拉伯人说当年的契约无效——那份契约和目前我们所争论的交易发生在同一年——那我们要离开家园吗?我们要放弃这座城市吗?如果他们也愿意退还当年所收到的报酬——正如你们桌上随风飘动的那张纸钞。"

"我们是犹太法庭,"小拉比说,"犹太人和异邦人之间的争端是另一回事。战争时期发生的交易又是另外一回事。"

雷娜望向耶胡娣特和阿赫莱特,又望向面前的几位拉比。

"我明白了,"她说,"这是个虚假的法庭。你们只是想骗过一个还在哀悼的老太太,一个孤独的女人。审判已经结束了,对吧?我根本不可能赢。"

"不,"基杰尔说,"如果你是对的,你就会赢得做母亲的权利。"

"你得做出保证,"雷娜说,然后伸手指着耶胡娣特和阿赫莱特,"也得让她们保证,她们会接受法庭做出的决定。我决不允许这件事被情感左右。如果这是真正的法庭,是诚实的法庭,判决就只能取决于什么才是对的。"

"是这样没错。"基杰尔说。

"我们会接受法庭的裁决。"耶胡娣特说。

"还有她,"雷娜说,指着女孩,"我想听她说。"

"我也是这座城市的建设者,"阿赫莱特说,"和你们二位一样,出力只多不少。我出生在山上,也只会回到山间。我不认识其他地方,不认识别的世界。如果这是拉比们所做出的决定,是这片土地的法律,那这就是现实。我的命运攥在上帝的掌心里。我会接受法庭的判决。"

"明天就是犹太新年了。"雷娜说。听到这话,耶胡娣特的脸色变得苍白。在她这一生里,她何时忘记过节日的到来?孩子们都会回家,她得开始准备饭菜了。然后她不禁想到:不知道坐到桌边的会是八个还是九个。"从明天开始,我们会进入十天的忏悔日,由上帝决定谁继续活下去,谁又会死去。请你们每个人发誓,你们会做出公正的审判,否则就将名字从生命之书上一笔勾销。那样的话,我保证,我就会接受你们所做的决定。"

拉比们商量了一会儿。他们会做出诚实的裁决,他们都是老实人。但要做出不必要的许诺,这会给后人开出危险的先例。这件事不能草率进行——这也不是随随便便就能答应的事。

"我们希望能避免这种极端的做法。"基杰尔对雷娜说。

"那你们就得不到我的信任。"

他们又商量了一会儿,最终妥协了。小拉比说:"我们会做出公正的判决,否则就将名字从生命之书上抹去。"

"那我只想说最后一点,"雷娜说,"然后这件事就可以解决了。"

拉比们点点头,让她说下去。

"如果你们三位虔诚的拉比承认,你们遵守教规,那你们就必须承认,这个女孩是我的。"

"这两件事,"基杰尔说,"好像并没有因果关系。"

"有,"她说,"你们要反对我,说我和耶胡娣特的合约只是象征性的,因为我和耶胡娣特的合约根本就不是真正的合约。"

"我不想说对还是不对,"基杰尔说,"但很多事实都会让一个有逻辑的人得出这样的结论。"

"所以,我再问你们一次,你们三个人是否遵守教规?你们是否故意触犯过饮食方面的清律?"

"我们没有故意触犯过。"小拉比说。

"明天是犹太新年,"雷娜说,"你们庆祝犹太节日吗?你们是否忠实地贯彻犹太法律?"

回答的仍然是小拉比:"可以这么说。"

"那请你们告诉我,"雷娜说,"如果你们承认我和这片土地的契约有效,无视阿拉伯人的反对意见,如果你们承认《圣经》

中的契约永久成立，尽管我们毫无证据、只有信念，那我问你们一个非常简单的问题，每年的逾越节，当你们把发酵食物卖给一个异邦人，以确保自己不违反自家屋檐下有任何发酵食物的戒律时，当教会的人都来找你们，对你们说：'拉比，在这个礼拜里，犹太人家里连一片面包屑都不能有，那就把这些被禁止的食物卖给异邦人，好让我们都能回家吧。'这买卖契约有效吗？"

"这是我们的传统，"小拉比说，"这契约完全合法。"

"在你活过的这些年里，你有没有听说过有哪个异邦人会跑到犹太人家里，打开柜子，拿走属于他的东西？你听说过有谁这样做吗？"

三位拉比面面相觑，回答说没有。

"那请你们告诉我，如果卖掉发酵食品所根据的是，这世上这么多年从来没有执行过的契约，你们还能说这是有效的契约吗？你们是否承认，其实我们每个人——你们每个人！——每年的逾越节家里都存着发酵食品，其实没有犹太人真的按照戒律庆祝节日？"

"上帝保佑！"三位拉比异口同声地喊道。

老拉比说："你又接近渎神了。但如果你是想说明问题，那我告诉你，是的，那契约仍然有效，不管是否有人执行过。"

"如果那契约有效，你们三人仍然认为自己遵守教规，那你们就必须承认，我的契约也同样有效。你们假定契约的一方不会行使权利，这并不代表那个权利就不属于她。"

拉比们低声交头接耳，都拿出了笔，互相传着字条，表情非常严峻。作为法官，他们虽然清楚自己心里倾向哪方，但也必须遵从对法律的义务。何况他们三个人都做过保证，用自己的性命做过保证。那是太过沉重的诺言。

"告诉我，"雷娜说，"如果一个刚进行过受诫礼的男孩对一个漂亮姑娘说'嫁给我吧'，并送了她一只手镯……"

"要经过离婚仪式才可以，"小拉比说，"我们主持过这样的仪式。没错，他说了那句话，又交换了礼物，他们就等于结了婚，和世上其他夫妻没什么不同。"

"就算两个人都不是真心的？"雷娜说，"就算这只是年轻人的打情骂俏？"

"即便如此也一样。"基杰尔拉比说。

"我想说的就这些，"雷娜说，"契约的成立并不取决于两方是否真的打算执行它，就算他们根本没有成熟到理解其内容，它也依然成立。象征性的契约也一样。就像逾越节的契约，它本身就是种象征，本来就不是为了执行用的，但在上帝看来，它和其他契约一样成立。所以，你们现在所要决定的，就只是桌上那张纸钞在立下契约的那个时刻是否具有价值。这是这个法庭所要回答的唯一问题。如果你们是虔诚的人，遵守宗教的法律，那这个女孩就属于我，没什么可说的。"

"但是那样一来，"基杰尔说，抬起一根手指，"她就成了你的奴隶。"

"随便你怎么说，她是我的。"

...

阿赫莱特站在山丘最西端的黑暗里。犹太新年的晚餐已经结束了。她在橄榄林的尽头望着对面的山顶，看见母亲在窗口点了一盏灯，确定自己还没有被人遗忘。

这是判决之后的第二天，感觉和之前哀悼日照顾这位女人时截然不同。阿赫莱特觉得绝望无助。既然自杀是受到禁止的，是项重罪，她就只能在心里默默希望和祈祷，祈祷她的世界能就此终结。让我从生命之书上消失吧，她心想，让我的命运在这周就作个了结，让天空坠落下来吧。

世界的确就此开裂，仿佛她的祈祷得到了回应。

但那并不是天空坠落了，而是大地在剧烈震动，好像打算把整座山都吞下去。阿赫莱特在山顶这面什么也看不见，远方也没有哈南在赎罪日战争那天所看见的尘埃。

窝棚的另一侧传来了开火的巨响。如果不是在这两座山丘上长大的人，谁都会以为自己已经被包围了。学会分辨山丘间反弹的回音需要一生的时间。

阿赫莱特不想再站到房子的另一边，她的命运就是在那里被人下了决定。在那里，她的两位母亲站在拉比们面前，和周围的树木一样僵立不动，和姐妹山一样沉默坚持。

当她绕过房子、走过巨大的橄榄树、站到山顶的另一端时，她所看到的是一场战斗，激烈程度前所未见。山下的村庄几乎都着了火,不是因为以色列人的进攻,而是被新兴的巴勒斯坦式狂怒所点燃。她出生后逐渐铺展开的小路都被堵上了,每一处山崖的尽头都有轮胎在燃烧。四处传来轻型武器交火的响声,一开始断断续续,随即变得密集起来。大批阿拉伯人冲出来迎战抵达这里的以色列士兵,她一生中从没见过这么多阿拉伯人。天空中能望见黑鹰和眼镜蛇直升机从耶路撒冷猛冲而来的灯光,但随即就全灭了,什么也看不见,仿佛飞机全都隐了形。她曾想象过这个国家可能迎来的结局,却还是没有料到这样的情景。自从这地方建国以来,她就没有想过,在国境之内还能看见如此猛烈的暴力。

这时她意识到雷娜就站在身边。雷娜递给她一支乌兹冲锋枪,自己手里也拿着一支。

"你说,"阿赫莱特说,"整个国家都成这样了吗?"

"又一场巴勒斯坦起义,"雷娜说,"你看。"她指向一辆巴勒斯坦自治政府的汽车,"是哪个天真的犹太人觉得把枪给他们也没事?他们又挑了神圣的日子开火。"雷娜转身对着橄榄树,低头看山下的战斗进入白热化。她说:"今晚就砍掉它。我们不能再让人趁虚而入了。"

雷娜冲回了窝棚,又拿着把斧子出来了,节日的盛装还没换下来。

"今天是赎罪日,"阿赫莱特说,"这是不允许的。"

"紧急情况下可以。"她把斧子递给女儿,对方没有伸手。

"我不干,"阿赫莱特说,"士兵已经在打了,阿拉伯人还没有上山。再说了,如果战火真的烧到这里,透过窗户看着也救不了我们的命。"

"不听话的女儿，"雷娜说，"我自己来。"雷娜卷起袖子，对着树根砍了又砍。她就这么一连砍了好几个小时，声音全被战斗的巨响淹没了，根本没有别人听见。

这一次，雷娜就算累了也没停下来，就算觉得胳膊虚弱也没停下来。她不肯向年龄屈服，不肯向疼痛的身体屈服，也不肯向喘不过气的肺屈服。阿赫莱特在窝棚里冲她叫喊，说这超过了她身体所能承受的范围，今晚就到此为止吧。雷娜根本没听见。她不停地砍啊砍，直到那棵树轰然倒下。阿赫莱特被那声巨响惊醒，走出门来发现天已经亮了。

女孩看见橄榄树倒在地上，雷娜倒在一旁。她母亲一只手抓着斧子，另一只手则越过胸口抓着拿斧子的胳膊。雷娜表情呆滞，显然正忍受着剧烈的疼痛。这位女人一夜之间仿佛突然年老了一百岁，正用最艰难的方式呼吸着。阿赫莱特在她眼中看见了恐惧。

阿赫莱特因仁慈而弯下了腰，探着雷娜的脉搏。她服兵役时一直在这两座山上照顾老人，非常了解年老所特有的那些疾病。

"我会死吗？"雷娜说。

阿赫莱特想了想，最终给出了诚实的答案——她很确定，要打赌都没问题："不。不，你不会死。"

"叫救护车来。"雷娜说。

"嗯。"阿赫莱特说。但这不是表示同意，而是表示沉思。阿赫莱特在考虑雷娜现在的状况，还有她自己所处的状况。"我会叫救护车的，母亲，一定会。但现在的问题是，什么时候叫？的确,如你所言,在生死关头,在神圣之日打电话也没关系。但你还活着,也许危险已经过去了。"

"我想,"雷娜说,"是心脏病。"

阿赫莱特说:"我想你说得对。但如果情况非常严重,恐怕你已经死了。现在的问题,我想,根据我有限的知识,恐怕是你能恢复到什么程度。所以叫急救的时间就非常关键了。"

"你想说什么,女儿?"雷娜说,在尘土间看起来慌乱而困惑。

"我想,如果马上叫急救来,你会彻底没事,完全恢复到原本的状态。这不是生死的问题,而是活下去和生活质量的问题。如果我让你就这么躺在树边,一直等到节日结束,一直等到打电话不再受到禁止,恐怕情况就没那么乐观了。如果你觉得现在很虚弱,母亲,如果你觉得你现在很痛苦,你要知道,光是拿起杯子喝口水都会像背起一座大山一样艰难。我见过心脏损毁、肺部虚弱的老人,那可算不上什么生活。"

"根据戒律,"雷娜说,"你必须,尊敬父母。"

"但不能因为父母的话就触犯神圣的律法。"

"可以!不管怎样,"雷娜虚弱地重复,"生死关头。"

"但你还活着,都过了这么长时间了。不,我并不认为有那么紧急。我们可以等节日过去再问问那三位睿智的拉比,让他们决定,根据法律,我做的选择是否正确。"

"受诅咒的姑娘。"雷娜说。

"你想说的是'受诅咒的女儿'。我在这屋子里刚住没多久,却已经跟你学会了为了目的不择手段。在另外那座房子里,我根本不会产生这样的念头。好好听着，这其实非常简单：如果你让我自由，我现在就打电话。我会送你去医院，我会——我保证——好好照顾你，直到你恢复健康。我会那么做的，不是作为你的女儿，而是作为以色列和这片定居地的女儿。我会好好对待你，和你兑现契约之前一样。让我自由，我就打电话。让我自由，你就可以重新走路，好好活着，过上正常的生活。让我自由，你就能自己穿衣服，自己照顾自己，安享晚年。你难道不想吗？做个交易吧？用你的自由来换我的。"

"不需要，"她说，吐出沉重而短促的呼气，"不需要自理，不需要走路。"

"你怎么能这么说？"阿赫莱特喊道。

"因为有你照顾我。"

## IV：二〇一一

德米特里和丽莎站在山崖边，望着无边无际的安全墙。"在这一带，大部分墙其实都只是篱笆罢了，"房屋中介说，"但在这里，村庄挨得实在太近，一开始的战斗太激烈了，他们干脆搭了一整面钢筋水泥。没有比这更保险的安全措施了。没必要去想，真的，忘了它吧。这里近十年都很和平。不过，在这种地方还是谨慎点好。上帝保佑别再出事了——你瞧，没有战火，没有狙击兵，也不用躲到床底下。要是再来第三场暴乱，我向你们保证，那根本影响不到你们，连声响动都听不见。"

"还有网络，"德米特里说，"在这种荒郊野岭的地方，屋里安宽带了吗？"

"每间房子里都有。"中介说，"那边，"他说，指向山崖边巨石上的纪念碑，"那后面是信号增强器。就算你们没有路由器，这城市也有免费的无线网，还有这里和迪拜之间最棒的手机服务。想去楼上看看吗？"

"去楼上看看吧。"丽莎说，又为自己的口音而道歉。"你肯定不会相信，"她说，"但我们俩是在希伯来语课上认识并相爱的——他的水平比我好多了。"

"俄国人学得可快了。"房屋中介说，冲德米特里微笑。德米特里回以拘谨的笑容。

走进公寓里，丽莎又回头看着那堵墙。"我说，他们没事吗？"她说，"在墙的那一边，他们对巴勒斯坦人还好吗？要知道，我们多少算是左翼吧。我的意思是，因为这儿的环境，我们搬了过来，因为这里有好几间卧室，不过我们也很同情那些阿拉伯人，交通管制啊什么的。"

德米特里露出了真正的笑容。"她不想和激进分子一起生活，"他说，"她老家在樱桃山，在美国。他们那儿看重一切的平等。"

"'激进分子'？"房屋中介说，为这个词而大吃一惊，"不，这地方一直这样，从七十年代起，这里的人一直和邻居和平共处，关系很好，参加彼此的婚礼什么的。这里的人关系都很亲密，直到发生了第一次暴动。自那之后，一个地方暴动结束，另一个地方又开始了。之前谁知道还会出那种事？"

"我们不想卷入政治，"丽莎说，"我是说这房子很漂亮，这地方——简直美不胜收。但我们不是什么开拓者，也不希望邻居都是那种人。"

房屋中介领他们看过了未来的新厨房、未来的新卧室，又按下按钮让安全百叶窗自动打开。他领他们出去站到了未来的新阳台上，期间一直没停止说话。

"如果你是说莱文杰那种疯狂的开拓者，这儿可没有。"他对丽莎说，她认真地听着。词句与德米特里擦身而过，没有传到他耳朵里。他以主人的姿态靠在阳台栏杆上俯瞰远方，仿佛这一切已经是属于他的东西。"要说这儿有没有老顽固？"房屋中介问道，"当然了！顽固的人可不少——那才是真正的以色列人。"他指向阳台下方的一间小窝棚，它被公寓的停车场团团包围。"住在那儿的老太太，"他说，丽莎和德米特里跟着他指的方向看去，"她很需要卖掉土地赚笔钱，但她就是不卖，不管开发商开出多高的价。多坚定的信念。什么样的人才会有这种意志？还不是大地上的盐、民族的精华？"仿佛是要证明他的论点，窝棚的前门开了，一辆轮椅开下斜坡，上面坐着一个老太太，后面跟着一个满脸疲惫的中年女人。

"瞧见了吗？"房屋中介说，"真甜蜜。就是那些人开拓了这片土地。所谓的老顽固就是那种人。年老多病的母亲，还有用一生来照顾她的女儿。每次我到这儿来，都能看见她们俩四处活动，一心做着自己的事。你们俩在这儿会过得很愉快的，"他说，"我保证。这座山可是个让人开创生活的好地方。"

## 我们是怎样为布鲁姆一家报了仇

时至今日，如果你去位于长岛的格林希斯镇，你还能看见兹维·布鲁姆遭受殴打的那个校园，模样和当年别无二致。那所公立中学的铃声仍会在周末响起，我们打曲棍球的空地后面仍然挺立着那片灌木丛。唯一的变化只是安着尖锐螺丝和粗糙铁栏的攀爬架不见了，操场变得平淡无奇，只剩下一摊雪花般四处散落的废轮胎。

当年，布鲁姆家三兄弟里最小的兹维·布鲁姆就是踏上了这片空地。周一至周五，我们在犹太学校的停车场里玩，用弹弓把碎石子射来射去；到了安息日的下午，我们则冒险跑到公立中学那块平坦的沥青地上去打曲棍球。在那天所有去打球的人里，兹维是第一个到的。他戴着合上了金属挡面板的头盔，戴好手套的手里握着球棒。

在等待我们到来的时间里，兹维自娱自乐地玩起了幻想游戏，玩得出了一身大汗。他做了个假动作绕过假想的对手，结果被突然出现的真人堵了个正着。挡在他面前的是我们大家最害怕的男孩，格林希斯的反犹分子。他身后还跟着一群同党。在此之前，大家都心照不宣地忍受着反犹分子的存在，见到他时连走路都小心翼翼，显得低声下气。而他看到我们这样，似乎也就满足了想要揍我们一顿的愿望。

反犹分子抓住了兹维的面罩，仿佛布鲁姆家的男孩不过是一颗保龄球。

兹维望向恶霸身后的攀爬架，目光穿过铁棒组成的网格望向番红花大街，盼望能看见我们：十几个男孩，都戴着头盔，挥舞着球棒。如果我们能在这时候像军队般一起出现，那该有多好啊。

反犹分子放开了兹维的面罩。

"你是犹太人？"他问。

"我不知道。"兹维说。

"你不知道自己是不是犹太人？"

"不知道。"兹维说，用曲棍球棒刮着沥青地。

恶霸转向身后的同伙，收到大家意见一致的怀疑眼神。

"你妈从来没告诉过你？"反犹分子问。

兹维把重心换到另一只脚上，继续用球棒刮着地。"没说起过。"

兹维记得，这时出现了一阵特别的沉默，反犹分子在思考。兹维觉得看见了我们的先头部队——或许这只是他的希望。

等我们赶到的时候，他已经晕倒在地，被打得不省人事，头盔还戴着，球棒和手套都不见了。我们谁也不懂法医学，但我们一看就知道他被人打惨了。他被自己的内裤吊在秋千的螺栓上。显而易见，这场战斗里还包括了内裤袭击。

我们以为他死了。

安息日禁止花钱，所以我们身上连一个子儿也没有，连个电话都打不了。我们就那么待在现场，什么也没做地过了很久。然后贝丽尔哭了起来，哈里跑到威尔姆斯坦家去求救。威尔姆斯坦夫妇一边摸索着安息日禁止使用的钥匙，一边争论着在这种紧急情况下该由谁开车。

...

有些人在私底下说，我们这位敌人有一半犹太血统。他家的房子就藏在我们学校后面的死胡同里。据说当年他和我们一起在犹太幼儿园里上了几个月的学，作为以色列之子受到接纳。结果拉比突然发现只有他的父亲是犹太人，就此点燃了反犹分子和他家人的愤怒之火。男孩被认定为异邦人，学校把他赶了出去，来接他回家的是一脸羞愧的母亲。男孩舔着手上尚未干涸的无毒颜料，菲德布什拉比在他们身后锁上了学校的后门。

我们都听过这个故事。我不禁好奇这个男孩在围墙另一侧是怎样成长的——他长得又高又壮。他母亲在家中进出时偶尔会望向我们，但我们都没成熟到能读懂她的表情。然后她会继续自己的活计，一只手总是按在后腰上。

...

兹维被打之后，他的家人报了警。

我父母就不会这么做，而且明确地表示反对。

"这有什么好处？"我父亲说。兹维的父母已经确定他并无大碍，只是身上有几处淤青罢了，哪儿的骨头都没断，也没有脑震荡。

"要是每发现一个反犹分子都叫警察，"我母亲说，"警察可得分出一支专门部队才行。"布鲁姆一家的看法不同。布鲁姆太太的父母出生于美国，她自己在康涅狄格州长大，上过那儿的公立学校。她对警察毫无不信任感，深信当局会保护她。

警察的巡逻车慢慢开下山去，布鲁姆一家跟在后面。他们排成一队大步向前，父亲、母亲和三个儿子，最小的兹维把裹着纱布的头扬得很高。

警察和反犹分子的母亲谈了话，她从纱门里伸出一只脚不让门关上。警察把她儿子叫到门边来问话，然后招手让布鲁姆太太和兹维过去。他们走了过去，但并没踏上门口的三级石阶。

整件事只有两方的证词互相对抗。一对母子控诉另一对，两方争执不下，没有目击证人。警察没有抓人，布鲁姆一家也没有起诉。反犹分子那天唯一得到的惩罚就只是来自母亲的训斥。

男孩的母亲看了看警察，看了看布鲁姆一家，又看了看两家人之间的那三级台阶。她抓住儿子的衣领把他往下拽，拽到顺手的高度后打了他一耳光。

"不管对方是黑鬼还是头上长角的小孩[①]，"她说，"我都不

---

① 有些憎恨犹太民族的人相信犹太人头上长角。

许你倚强凌弱。"

... ...

我们一直以为格林希斯是个再普通不过的小镇,只不过女孩子都穿着及膝牛仔裙和白色帆布鞋,男孩则穿着松垮的衬衫,圆顶小帽挂在头上,仿佛是早已缝上去的。父辈们每天都会经历相同的仪式:当他们晚上回家时走出长岛铁路的车厢,他们就会把手伸进兜里,掏出圆顶小帽戴回头上。这次殴打事件提醒我们,这些不同之处绝非小事。

我们的父母都在布鲁克林出生、在布鲁克林长大。在格林希斯,他们为我们这一代建起了犹太人专属的香格里拉。这里应有尽有,和布鲁克林相比只欠缺了一样至关重要的东西。不是曲棍球,也不是踢罐子游戏——尽管思乡之情迫切,但这都是可以接受的损失。不,我们所欠缺的是一种个性,一种顽强的韧性。我们都是十三四岁的少年,身体健康,待人礼貌,但父母的教育使我们软弱不堪。

就这样,我们恐慌不已,同时也意识到了自己的软弱。这就是为什么我们去找了艾斯·科恩。他是镇上身体最壮的犹太人,比我们大了六岁。他也是我们认识的最野蛮的犹太人。他是这里唯一抽大麻的人,从未被逮捕过,拥有一辆坏掉的摩托车和一台玩《行星射击》的街机。他总是开着街机的投币箱门,用同一枚二十五分硬币玩个没完没了,投进去等游戏结束再拿出来。我们都很崇拜他，从没想过自己到了十九二十岁也会搬出父母家的地下室，或者去上大学。那时的我们只觉得他的生活让人羡慕——无所顾虑，不用工作，有自己的街机，床边的小冰箱里还冻着巧克力派。

"不干我事，犹太小子们。"我们去求他帮我们揍那个反犹分子时，他这么回答。"暴力只会引来暴力，"他说，拍着街机上的按键，"我比你们大，懂得也多——听我的话，让这事过去吧。"

"我们叫了警察，"兹维说，"我们去了他家，我父母还有警察。"

"真遗憾，"艾斯说，低头看着小个子兹维，"真遗憾，伙计，对你来说。"

"身为犹太人是很微妙的，"艾斯说，"你们想得越多，事态就会越糟。让这事就这么过去吧，听我的话。如果你们非打不可，那就自己上吧。"

"你去的话会更简单。"我们对他说。

"我打赌，不管你们那位反犹分子有多壮，他也有同样更壮的同伙。就这样，"艾斯说，"事态就这么逐渐升级。你们总不想让事情严重到真的需要我出马吧。"

"如果我们想呢？"我们说。

艾斯没有回答。我们垂头丧气地离开了他——艾斯·科恩，他把屏幕上只有轮廓的小行星炸得粉碎。

. . .

  每一个受到压迫的俄国人都是我们眼中的英雄。我们在有线电视上看过《古拉格》①，里面有个故事讲的是两个逃犯。为了跨越广袤的雪原，他们邀请了第三个人一起出逃，只为在路上把他当粮食吃掉。还是少年的我们被深深打动，沉溺于对牺牲的幻想中，考虑着应该吃掉班上的哪个同学。

  我们的父母都参与了一九八十年代为被剥夺移民权的苏联公民争取自由的斗争。每个俄国籍的犹太人都被剥夺了移民权，不管他们自己是否愿意。为了世界各地遭受不幸命运的犹太人，我们这些孩子都捐出了自己的三件套双面西装。如果情况需要，家长还会把我们从课堂上叫走，一起坐公共汽车去参加游行，要求当局释放苏联同胞。

  兹维被打之后，我们很快就在格林希斯找到了属于我们的俄国人。鲍里斯是皇家山犹太学院的门房，他一边补充着休息室里的纸巾，一边听我们讲述了所面临的难题。鲍里斯是个俄国籍犹太人，不仅在勃列日涅夫的军队里服过役，还参加过以色列的军队。他对格林希斯的老师们表达了对我们困境的同情和愤怒。就在那周的星期五，他们在拼车的雪佛兰里为他腾出了个座位，用磁带听着《密西拿》一路开了过来。

  那个星期，鲍里斯来镇上度过安息日。之后那一周也一样。

---

① 关于苏联集中营的纪录片。

就算他一天睡二十四个小时、边睡觉边吃东西，他也只能满足一小部分想要为他提供食宿、把他喂到不能再饱的家庭。

我们的父母都非常激动能拥有属于自己的被拒移民权俄国人——何况他还是个体力工作者，靠挥动笤帚养家糊口。自从母亲们参加犹太志愿者协会组织的圣地之旅，看见那儿有犹太人开着公交车或穿着流苏披肩派送邮件以来，他们还从来没这么激动过。鲍里斯就是格林希斯的夏兰斯基①，我们的父母都很看重他的意见，而他很看重我们所处的困境。他的英语有时说得支离破碎，这更为他所说的话增添了分量。"小流氓一生气，"他说，"一旦酒喝太多，反犹分子就会进攻。"

第一节非正式防身术课程开始的那天，鲍里斯正在拉里·利普希兹家玩曲棍球电视游戏，还教拉里抽烟。结果拉里倒在了地下室的地板上，咳得喘不过来气，嗓子里发出呼哧呼哧的声音。"多少钱？"他问鲍里斯。"什么多少钱？"鲍里斯应道。他的态度相当迟疑，但拉里正忙着喘气，没注意到。"上课。"拉里说。这就是美国的神奇之处，这是片充满机遇的土地。在俄国，如果你狠揍某人一拳，那只能是免费服务。最后他们商量好每个月的价钱，拉里把这个消息散播了出去。

就在同一天，巴里·伯尔曼走出瓦迪特的披萨和素丸子小吃店，我们的敌人突然在他面前冒了出来。他买的蔬菜蛋卷（遵守教规的食品店大多贩卖这种主食，不管具体菜肴是什么风格）被

---

① 苏联犹太人权活动家。

咬了几口,大份披萨和芝麻酱拼盘则洒了一地。巴里被饱揍一顿,一缓过劲儿就立马跑回了小吃店。店主瓦迪特擦去小伯尔曼脸上的芝麻酱汁,把他点的东西重新装了一份,只要了披萨的钱。伯尔曼一家不想引起事端。这次没人叫警察。

· · ·

巴里·伯尔曼是第二个报名学习防身术的人。紧随其后的是克莱恩斯和斜视的什洛莫,后者是被他母亲送来的——她这样做是考虑到镇里的气氛,但她真正想让他提防的其实是我们。

要组成这样的战斗小组,我们必须取得学校里拉比的许可。他们还记得以色列建国的过程,记得间谍组织尼里、准军事组织哈甘纳和旧时地下组织所起的作用。拉比并不欣赏没有救世主的犹太人国家,但还是允许我们将申请交给菲德布什拉比——我们社区的建立者,犹太学校的校长。

他给了我们许可,但相当不情愿。这位老人的态度有情可原。他对空手道一无所知;他唯一熟悉的体育项目是摔跤,而且还是在希伯来语研究中读到的希腊罗马式古典摔跤。所以,他的反对理由是我们会全身赤裸地与未受过割礼的异邦人缠斗。我们重写了申请,向他说明我们训练是为了对付亚马力人的后裔,他们曾在沙漠里攻击过以色列人;这是为对抗哈曼①(他被自己的名

---

① 《圣经》中想要消灭所有犹太人的波斯宰相。

字所诅咒)的后代而做准备；是为了对付那个反犹分子。听到这些话，拉比终于理解地点了点头。"就像哥萨克兵。"他说，同意了。

...

我们学的并不是某一种流派明确的武术，而是以色列马珈术和俄国徒手搏斗术的混合，此外还有鲍里斯自创的招数混乱的连续攻击。他教我们如何折叠一张纸，用它戳瞎眼睛、割开喉咙，还叫我们把电路测试器像笔那样随时插在胸前的口袋里。鲍里斯告诉我们，如果有机会，一定要在去的每个地方都准备好一把新枪。他说这是当他遵循上帝的旨意，在阿根廷搜索纳粹党时学到的——作为只有一个人的法庭，他当场宣判他们有罪，在每个人的眉间射入了一颗子弹。

我们学会了重拳和飞踢、狠踩和猛咬。大部分普通的武术课程都会叫人尽量避免正面交锋，但鲍里斯宣布废除这条戒令。他叫我们保护好自己的领地。"最坏的情况，"他说，"举手表示投降，然后使劲踢他的蛋。"

就这么上了几周的课，我们开始了解自己所拥有的力量。鲍里斯让纤弱的拉里·利普希兹与布鲁姆家的二儿子阿龙对战。他们去了拉里家的后院，带着微不足道的怒火互相绕着圈出拳试探。鲍里斯站在一边，双手搭在凸出的肚子上——在他身上，那肚子象征着健康，仿佛那里就是他力量的发源地，仿佛那里的肌肉提供了其他所有部位的动力。

鲍里斯往草地上吐了口唾沫，走上前去。"你们在战斗，"他说，"打啊。"他伸脚踹了阿龙的后背，将他推向对手。"打完是朋友，现在给我打赢。"拉里·利普希兹发出了一声本不属于他这个小个头的大吼，然后迅速而优雅地完成了我们所见到的第一记回旋踢。那不是练习时的踢法，而是带着肩部假晃动作、用尽全身力气的重踢。利普希兹的赤脚结结实实地踹上了阿龙的肾部。拉里没有伸手去扶对手，而是以胜利者的架势后退一步，高高地扬起了拳头。阿龙踽跚着靠到最近的一棵树上，为我们展现了训练的最初成果。他脱下裤子，找准角度。告诉你吧，看到阿龙·布鲁姆尿出血来，那对我们来说无异于耶稣把水变成了葡萄酒。

...

奇怪的是，用来激励犹太人战斗的故事往往讲的是马萨达圣地，讲以色列苦行派最后的抵抗：他们在群山的要塞里集体自杀了。他们一直英勇地战斗到最后，虽然敌人并没出现。真是一群勇敢自残的犹太人。罗马人唯一的牺牲出现在山下的营地，有些人因沮丧而死——他们在沙漠里用了八个月建起坡道，只为冲进以色列要塞来场大屠杀，结果等他们登上山顶，才发现想杀的人已经都死了。

传统上，以色列军队一完成基本训练就会爬到那座山上，冲着群山呼喊："下次马萨达不会输。"鲍里斯让我们冲着格林希斯湖也这么喊了，但湖水循环缓慢，像一池黏稠的绿汤，没有传来任何回响。

...

我们的攻击大多都集中在布鲁姆兄弟和他们家的房子上。我不知道这是因为他们离反犹分子家很近，因为他们叫了警察，还是因为反犹分子在大庭广众之下打了他家的小儿子。有时我不禁会怀疑，布鲁姆兄弟之所以被当成靶子，是因为他们在我们眼里和在恶霸眼里都一样：脆弱瘦小，看着就像受害者。在这些攻击中，M-80步枪打碎了布鲁姆家的信箱，四只轮胎砸到了他家的大型汽车上，还有人用剃须膏在他家门口画上了纳粹党的十字标志，不过还没等人注意到就被雨淋掉了。

每当我们遇到反犹分子，他总会叫嚷着挑衅的话，对我们施以重拳。拉里被狠狠打了一顿，没能使出已经声名远扬的那招回旋踢。他颤抖着要求鲍里斯使出与学费相符的绝招，并对鲍里斯的性命表示担忧。鲍里斯只是耸了耸肩。"没那么容易，"他安抚道，"中过枪，捅过刀，结果还活着。没那么容易死。"

我父亲目睹了恶霸作恶的现场。他正好撞见布鲁姆兄弟在地上四处爬来爬去，捡着硬币，只为换得过街的权利——恶霸和同伙们在一旁监督着。我父亲赶走了那些男孩，只剩下布鲁姆兄弟三人满脸通红地站着，手里攥着滚烫的钱币。

在最严重的一次攻击中，猎枪打碎了布鲁姆家的凸窗。我们将其视为那段暗黑日子的开端，虽然子弹里其实只塞了岩盐。

. . .

我们加紧训练，使用诡计的技巧也提高了；我们背下了空手道招数的形和组合方式；我们学会了以紧密步伐并排前进，毫无声息地跑、跳、滚落在地。

我们仰天躺成一排，双腿和脑袋都向上举起，腹部紧绷，听着鲍里斯讲话。他在我们身上跑来跑去，从一块腹肌踏到另一块，就像踩着石头过河。鲍里斯表示，和平必须靠恐惧维持。"你们知道什么样的国家没有反犹分子吗？"他问。我们没有回答。"没有犹太人的国家。"

这场争斗不会自然结束。恶霸不会长大成熟，意识到自己行为的错误，或学会去爱别人。他到死都会心怀仇恨。他会一直战斗至死。我们要不就杀了他，要不就把他打到让他觉得自己已经死了，否则这里就不会停战，不会和平，不会安宁。为了确保我们理解情况的局限性，哪怕是最好的情况，鲍里斯又对我们重申了一遍："那家伙打人。将来他会打老婆，打他儿子，打他的狗。我们只想让他不打犹太人。让他打别人去吧。"

尽管我们练得头上起了无数个肿包，牙齿矫正架都从嘴里飞了出去，我还是相信，我们的父母都认为这些训练有必要。母亲们带来冰冻牛排给我们冰敷黑眼圈，紧紧陪在我们身边，而父亲们则扬起下巴，藏起笑容。"真是个好小子。"他们说，无法自已地盯着母亲们把牛排敷到我们的伤口上。

除了这些伤口，我们还遇到了其他挫折。其中一个是战略错误：猎枪打破窗户那件事之后，我们组成小队，去向反犹分子家扔鸡蛋。什洛莫觉得他好像听见了什么，就警告地喊了一声："反犹分子！"我们尖叫着向后退去，扔掉了手里的鸡蛋，四散奔逃。这时我们所在的位置离反犹分子家还有一条街，我们连目标都还没有看见。

我们并不团结。我们只会凑在一起，却不懂怎样共同行动。

我们需要练习。

被人追赶了两千年，我们体内没有任何捕猎者的本能。

• • •

我们通过伊兹向忠直寻求帮助——伊兹是以色列人，身上却承担着不幸的重担。是父母带他来了美国。他们的祖姓叫作"几巴"，即便是最友善的孩子也忍不住拿他来开玩笑。我们毫不留情地狠狠嘲笑着伊兹·几巴，结果他就和异邦人邻居忠直成了好朋友。忠直是城里唯一的亚洲人。他们俩开开心心地来了，伊兹非常高兴我们能叫他把哥们也带上。

我们把计划跟他说了。

"我们能拿你来练习吗？"我们问。

"练习什么？"忠直亲切地问。伊兹站在他身边，开心得整个人几乎都在发光。

没人回答，然后哈里开了口："反过来的大屠杀。"

"什么？"

"我们只是想欺负你，"哈里说，"组成一个小队到处追你。你也知道吧，因为你跟我们不一样。我们就是想找找感觉。"

忠直望向他的朋友。他的表情表明我们已经失去了他的支持，伊兹的笑容也消失了。

兹维发出一声恳求，语气几乎有些绝望："拜托了，你是我们认识的人里唯一跟我们不一样的。"

伊兹盯着忠直，亚洲男孩回望着朋友。他们与其说是害怕，不如说是失望更多。

"追我好了。"伊兹说，比划着示意我们可以把他当成忠直，把忠直当成他，只要把圆顶小帽什么的交换一下就好。

我们当即放弃了。那样感觉就不对了。

. . .

我们攻击失败的消息传到鲍里斯耳边，所谓反过来的大屠杀他却不知道。和布鲁姆一家相关的麻烦越来越多，从学校一直追到家的次数也在不断增加。岩盐子弹那件事仍然不断刺激着我们。

我们在犹太教堂的接待室里碰了头。鲍里斯从皇家山犹太学校里偷来了一套幻灯影片和配套的录音磁带。他把影片投射到墙上逐张播放，每听到磁带发出嘀的一声就转到下一张。我们很了解这部电影。我们知道画面什么时候从一堆鞋转到一堆头发上，又是什么时候从一堆尸体转到一堆牙齿、再转到一堆梳子上。这部影片是神圣的教学工具，只有大屠杀纪念日那一天才会拿出来。

每一年观看这部影片的时候，让人印象最深刻的部分都是其中戏剧化的编排：录音师用木块击打出马蹄嘚嘚、上楼的皮靴噔噔声。电影里的人先把象征性的父母亲拖走，然后噔噔噔，军队的皮靴踏着地面走远了。

每年看完影片后，我们都会在昏暗的室内分男女排成两队，然后就这样一起走回学校，一边唱着《我相信》，头脑中反复回想影片所描绘的画面：六百万犹太人分成两两一组，走进毒气室；各三百万人的两支队伍用一个声音唱着："我相信救世主会到来。"

鲍里斯没让我们分成安静的两队。他没让我们走着唱那首歌，也没让我们唱同样震撼人心的《我们就要离开俄国母亲》，包括结束时的那句"等他们到来时，我们已经离去"。等影片播完，他打开灯，冲我们吼叫："就像待宰的羊。六百万犹太人就是一千两百万只拳头。"然后他从拳头和犹太人的反抗一直讲到勇敢的佩尔多，说他在特尔哈伊的战斗中失去了一只胳膊，之后就用单臂顽强作战。

我们受到了激励，直接就去了反犹分子家。被他打过、被他反复挑衅的兹维·布鲁姆从地里挖出一块铺路石，试图打碎他家的凸窗。兹维用上全身力气将石头扔了出去,但他技术不佳,石头往左偏去,打中围墙发出一声巨响。我们逃走了。我们还是那么懦弱,再次临阵脱逃。但我们跑得兴高采烈,欢呼雀跃,都觉得这样就算胜利了。

. . .

到了下次上课的时候,大家都充满了新的活力。这也是一个新学期的开始,我们排着队把一个季度的学费交到鲍里斯手里。他用一只手拿着整整三个月的钞票,另一只手挨个拍了拍我们每个人的背,然后说:"还算不上领袖,但你们已经开始成人了。"鲍里斯甚至对保守派男孩艾略特也说了这话,尽管这是他第一次来上课。然后鲍里斯对我们的成功袭击表达了意见。"反犹分子会反扑得更猛。"他说,并宣称只有更强的防范才能给这场冲突画上句号。他给我们发了烟火信号枪。

我们冒险跑上了标志城镇边界的高速公路。在零售商店后面的小巷里,我们根据鲍里斯的教导和阿比·霍夫曼著作中的某几页做了些爆破用的工具。我们做出了不会冒烟的烟幕弹,还有从不冒火的燃烧弹。我们很怀疑配方本身就有问题,但鲍里斯一直摇着头,仿佛在说我们简直笨得什么都学不会。

我们继续做着炮弹,专注地工作着。鲍里斯给每一次的制作过程掐表,并不时喊着"太慢,已经死了"。然后艾略特拿着他的混合物站了起来,那瓶东西在瓶口塞了块布堵住。他宣布:"炸弹应该这么造。"

为了证明这一点，他点燃了瓶口的布，向后仰过身，把瓶子扔了出去。我们看着它一飞冲天，火焰在身后拖出一条清晰的痕迹。我们听见它着了地，有玻璃碎了，然后就是一片静寂。"什么啊，"阿龙说，"那才不是炸弹。所谓炸弹必须要轰的一声炸开才行！"我们继续工作。然后鲍里斯说："下课。"黑暗的天空一角泛起了一片黄光，光芒很温暖，还伴随着阵阵烟雾。"不算炸弹？"艾略特说，看起来既骄傲又害怕。之后我们得知，他的瓶子打中了"爱你"雪茄香烟店，点燃了店铺后巷的垃圾。兔下车的交易窗口完全淹没在火焰里了。"有时简单是最好的。"鲍里斯说，然后他又说，"下课。"鲍里斯就这么走远了，口袋里装满了我们的钱，手中则完全掌握着我们的心和头脑。他走向燃烧的商店，离火焰挨得如此之近，我们都害怕得捂住了眼睛。就像他平时教诲我们的那样，鲍里斯没有转身逃跑，也没有停下脚。我们可以确定的是，他回到皇家山去又工作了一天。至于他之后怎么样了，我们父母只说过一句"绿卡"。后来我们听说，鲍里斯往西去了芝加哥，自此开始了全新的生活。

· · ·

布鲁姆太太还在办公室上班没回来。布鲁姆三兄弟每人守着一扇窗户，凝望着外面的黑暗。白天，他们曾拿着手纸和剃须膏走下山去，把手纸挂到树上，用剃须膏涂到人行道上，为攻击对象准备好了现代式的柏油和羽毛刑罚。然后他们跑回家里，站到各自的岗位上，一直守到天黑。当他们的母亲结束了当天漫长的工作下班回家，把车停到车库里，她只注意到了儿子们没有做的事。她下车走回街道边，空空如也的垃圾箱还立在那里，其中一只被风吹倒了。即便是在这样麻烦重重的时刻，生活中最基本的职责也必须完成才行。她生三个儿子可不是白生的，结果居然得自己把垃圾箱拽回去。

没人知道反犹分子的夜间视力如何。能为他辩护的话只有一句：直到这一天为止，在每隔一天的倒垃圾日，布鲁姆家都是由三个儿子把垃圾桶拖回家去的。而要为布鲁姆兄弟辩护的话——虽然他们永远也不会想找这样的借口——他们分别守着三扇窗户，导致房子还有一侧无人看管。总之，当他听到金属桶拖过混凝土地面的声音，反犹分子从黑暗中冲了出来——扑向了布鲁姆太太。

布鲁姆太太当然没有上过我们的课。她毫无自我防卫的概念，也根本不会使用任何武器。当凶残的暴徒向她扑来，胳膊已经摆好架势准备出拳，她没有相应摆出防御的姿势。她只是在最后一刻转过了身，正好看见他手里挥舞的那根小皮棒。她以前从来没见过用皮革包裹的金属短棒。当那根短棒击中了她背部的肌肉，她全身都受到了剧烈的震动。她的眼中出现了上千根小刺，双腿当即彻底瘫软。不管是在哪儿长大的，康涅狄格州还是其他地方，布鲁姆太太都是个犹太人。"羞耻！"她用意第绪语对男孩说，后者已经大步跑远了。

哦，可怜的布鲁姆一家。就像我们之前发现兹维那样，兹维发现了自己的母亲——她没有吊在秋千上，而是在草地上蜷成一团。等她回到家中，背上覆着冰袋，不肯去医院也不肯叫医生来，布鲁姆太太告诉儿子们她都看见了什么。

"羞耻！"她又说了一遍，"羞耻！"她用希伯来语重复。

三个儿子表示同意。这的确是件羞耻而尴尬的事。

当他们的母亲拿起电话想要叫警察，阿龙伸手按住了通话键。布鲁姆太太望向儿子，见阿龙撤回手，就也放下了话筒。"这次算了。"阿龙说。于是这次她就没再叫警察。

...

我母亲向我父亲讲述了事情的经过，他不肯相信。"没人愿意相信犹太人身上都发生了什么，"母亲说，"包括我们自己。"父亲只是摇了摇头。"从什么时候开始，"母亲说，"反犹分子也知道分寸了？他们会越过一切界限。在格林希斯也一样。"然后她也摇了摇头。我很后悔把这事告诉了她，后悔亲眼看着她把这事讲给父亲听。我们都知道，父母对此事的唯一反应就是伸手捂住嘴，说声"哦喔！"，但我们没想到他们会对自己所创造的城镇感到如此幻灭。我转过了身。

虽然鲍里斯抛弃了我们，我们仍然受到他睿智观点的支配。我们决心采取行动，确保反犹分子再也不敢反击。"给反犹分子上堂课。"哈里·布鲁姆如此宣布，语气很像鲍里斯。那个男孩攻击了个头只有他一半的女人,之前还攻击过她的儿子。如果有机会,他一定会做出同样的事来。我们决定把兹维当作诱饵,让他站在公共学校的操场中央,以脆弱的犹太人姿态吸引反犹分子。我们其他人会藏在树丛里,等时机一到就齐心协力攻击敌人。但我们就这样面面相觑,看着瘦弱的利普希兹和胖乎乎的贝丽尔,看着充满愤怒却毫无力量的布鲁姆兄弟,意识到光靠我们根本打不赢反犹分子,就算是齐心协力也一样。

鲍里斯说得对。他对我们的看法准确无误。我们准备好了,我们已经变得相当优秀。但没有一个领袖,我们什么也做不到。就这样,缺少领袖的我们一起去了艾斯·科恩家。

· · ·

泪水。警告你,我们在艾斯·科恩的眼睛里看到了泪水。他不再玩《行星射击》,也没有躺回床上。小个子的布鲁姆太太被袭击了——这让人难以忍受。他同意,对这样的挑衅必须以牙还牙。"所以你愿意加入我们咯。"我们说,以为事情这就解决了。但他不肯,他仍然不想和我们有任何牵扯。他认为布鲁姆太太所挨的那一拳是一项独立行为,而同样的,报复也是一项独立行为。

他同意为我们出一拳。"我是你们的了,神经过敏的小子们。但只有一拳。"我们恳求他给予更多的帮助,恳求他来统领我们。他向我们伸出空荡荡的双手。"就一拳,"他说,"要么接受,要么拉倒。"

. . .

事情按计划进行。反犹分子来了，就他一个人。他居然在星期六来到这里，还想欺负兹维，我们都把这当作是实施报复计划的正当理由。

那天我们没去教堂，一上午都躲在树丛里，身体变得酸痛僵硬。我们生怕一动就会让关节发出嘎吱声，怕粗重的呼吸和急促的心跳会让这个陷阱提前暴露。

布鲁姆家勇敢的男孩兹维独自站在操场上，就在攀爬架和树丛之间，忍受着灼热阳光的煎熬。他穿着三件套的西装，头上的圆顶小帽和公牛的眼睛一样红。

反犹分子立刻开始用语言骚扰兹维。兹维因拥有我们作为后盾而安心，因他的挑衅而暴怒，也对他吐出相应的反击。在那个时刻，矮小的兹维显得无比荣耀。他穿着西装，面对着大山般魁梧的恶霸腰间的黄铜皮带扣，控诉般地伸出手指。"你不该来的。"兹维说。他的语气既粗暴，又完美。他的态度如此大胆，以至于我们在树丛里都感到了那句话的冲击。反犹分子显然被激怒了，看起来马上就要对他施以暴行。

一切的条件都很完美，但很不幸还有一个令事情变复杂的额外因素：艾斯·科恩变得不情愿起来。他不肯动。我们恳求他和我们一起冲上去，去救兹维。"我反悔了，"他说，"报复和主动攻击之间只隔着一条细线。抱歉。我得亲眼看见他的暴行,然后才能行动。"我们继续恳求。没有他,我们谁也没有冲上去。我们就那么原地不动,直到两人的推搡变成了猛推,直到反犹分子开始猛烈地殴打兹维,直到兹维的按扣衣领从脖子上掉了下去,直到他咚的一声倒在了地上。

艾斯冲出了树丛,我们紧随其后。我们将反犹分子团团包围,兹维相对轻松地推开他脱了身。

艾斯·科恩瞪视着恶霸。他比恶霸高出三英寸,重了五十磅。

"离远点。"这是艾斯说的唯一一句话。然后他挥出了拳,事先没摆招式也没蓄气,脚步也没站成任何预备姿势。他的胳膊挥得老远,拳头动得很慢,我们简直不相信会有人无法躲开。但也许那一拳只是表面上很慢罢了,因为它结结实实地打中了恶霸,正打在他的下巴上。他站在原地挨了那一下子,没有后退——就算那时我们还不知道他的下巴碎了,那也已经是相当特别的情景。他在原地站了片刻,全身上下都纹丝不动,只有下颚像蛇一样啪地落了下来,往旁边歪了至少四十五度。然后他倒了下去。

艾斯挤出了我们的包围圈。我们立刻重新围住了反犹分子,看着他在地上流血抽搐。

我看着他,觉得被人打垮要好于打垮别人。我知道,我这辈子都会这么想——这是我的致命缺陷。我也知道,我们所发出的高声喧哗只是出于紧张,出于假想中复仇的快意,仿佛发出声音就等于报复本身。

在那一瞬间，我们所有人都产生了共通的感受。那感觉其实非常简单，那天在场的每个人都会这么说。看着倒在地上的反犹分子，我们都突然感到了一阵深深的困惑。我们站在那儿看着被打垮的男孩，没人知道什么时候该拔腿逃跑。

# 窥视秀

在去港务局的路上，艾伦·费恩戳到了大拇趾，鞋尖也磨坏了——五百美元的商品顿时有了瑕疵。他掏出手帕，吐口唾沫擦亮了鞋尖，每擦一下就骂一句。

鞋尖上的磨损，这一小处瑕疵，打乱了艾伦习以为常的节奏。他环顾四十二街，看了看周围翻修过的戏院和出售正常商品的小店——一家人能在大白天一起去逛的那种。以前那些站在街头，兜售快乐天堂、廉价赃物、非法演出和蜜色大腿的小贩都跑哪儿去了？艾伦如此专注于自身的变化，以至于完全忽视了周围环境同样剧烈的变化。

想到这里，他不禁脸红起来，疑惑起当年那个小个子艾里·费恩伯格是怎么变成了艾伦·费恩先生，穿着深红色的翼尖鞋。他是什么时候变成了现在的成年男人，走在回家的路上，家里有深爱他的妻子，已有身孕的妻子，漂亮的金发异邦人妻子？当他不知道如何悬挂圣诞彩灯时，她大笑了起来；当他追悼父亲时，她端来了上面印有耶稣像的蜡烛。（"白色的蜡烛卖光了，"克莱尔说，"把耶稣转过去对着墙不就行了？"）

艾伦拉直领带，拿起地上的手提箱。他再次环顾四周，然后问自己：如今四十二街看起来如此光鲜，如此正经，如此蒸蒸日上，它的内里还和过去一样吗？

一个男人回答了他。

"伙计，"他说，"兄弟，"他说，"楼上。女孩子。里面有女孩现场表演。"

"上面？"艾伦问，随即看见了橱窗里的招牌：一枚由霓虹灯组成的巨大硬币，"二十五分"的字样在中央闪烁。

"没错，伙计，"男人说，"球形舞台上的奇迹，只要二角五分钱。纽约唯一一家三百六十度旋转舞台。从楼梯上去，丢不了——所有箭头都指向一个地方。"

艾伦进去了，只花了一瞬间向后张望，看命运是否安排了同事或邻居来目击他的行动。他走进楼梯间，开始往二层攀爬。

走进二楼大厅，他看见一个高大的人影坐在收银柜台后面。巨人身后的走廊通往一间巨大的屋子，里面是一片巨柱般的空间，周围均匀分布着一圈小门，分别通往私密的小隔间。

艾伦冲柜台后的男人一笑，仿佛这是个只有彼此才懂的笑话，仿佛他来这里只是场无伤大雅的阴差阳错，事后他还会讲给克莱尔听。是啊，如果他的负罪感足够强烈，他就会告诉克莱尔，自己进去过了。艾伦掏出一枚角币，放到柜台上。

"一元。"男人说。

"不是说二角五分吗？"

"一元。"男人说。他没有回应艾伦的微笑。

艾伦在钱包里摸索了半天,掏出一张五元钞票,换回了五枚代币——他局促得不敢索要找零。

...

"摸啊。"她说。她直视着他;她能看见他。在艾伦·费恩的记忆中,这种表演以前不是这样的,以前那些女人无法看到顾客。铺着地毯的舞台上坐着四个女人,全都盯着他,发出同样的邀请。"摸啊,"她们说,"摸啊。"好吧,只有三个女人这么说。第四个坐在一把廉价塑料躺椅上,胖得椅子都盛不下。她的大腿在底座边缘硌成两半,失去支撑的一侧向下垂去,和乳房一样垂成倦怠的弧线。她在读书。她戴着眼镜,手指捏着一页纸准备翻页。艾伦知道,她的动作将缓慢而懒洋洋,和她的姿势一样透露出疲倦。

她们都光着身子,或者说几乎全裸。第二个女人穿着胸罩,第三个穿着内裤,第四个则拿着书,戴着眼镜。在艾伦看来,第一个女人最美。

他只在童年时来看过窥视秀,但他几乎能想起那时的一切。他记得自己颤抖个不停,牙齿咯咯作响,双手夹在腿间取暖。那时他生怕自己会冻死,或因激动就此丧命。他会纵容自己就那么想下去,把宝贵的欣赏时间花在阴郁的想象上,想象自己在隔间里倒地不起,就此一命呜呼。艾伦记得当年的布置,记得代币投进去的响声和艰难旋转的机关。等木制隔板缩进两侧的墙壁,窗口的最底下会射进来一道光。窗户厚厚的玻璃上满是污痕和指印,总是因顾客浓重的呼吸而蒙上一层水雾。玻璃后面就是女人们,她们在台上跳着舞,仿佛真的很在乎这一刻,摆动身体撩拨着看客。

这些分离的小隔间基本没有变化,但窗口不一样了。艾伦震惊地发现,上面的玻璃没有了。女人们坐在椅子里,和他之间毫无隔挡,如此真实地回望着他。

舞台是圆形的,周围一圈被隔间的内墙牢牢挡住。大多数窗口都打开了,艾伦能看见里面的男人们。一位额头宽大的中年偷窥狂显然正在激烈地手淫。艾伦与旁边一位拉丁男人对视了,对方的领带和他一模一样。艾伦伸手按住心口,感觉到领带随着自己心脏的跃动一跳一跳。拉丁男人长得很帅。他转脸不再看艾伦,而是与穿着胸罩的女人对上了目光。

女人站起来,走向拉丁男人。男人抬手伸出窗口,刺穿了与幻想世界之间的屏障。艾伦从没见过这样的场景,从没见过梦幻世界被人像这样捅出入口。

• • •

当第一个女孩望向艾伦,他觉得自己根本不值一看。他简直有些受不了让她感知到自己的存在。他想问她到底在看什么。"有什么可以帮你的吗?"如果换个地点相遇,他会这么问她。那个女孩就是完美的化身,艾伦绝望地渴求着她。这种渴望纯粹得让他想哭。这实在太不公平了,光是因为肩膀的形状,腰部的柔软曲线,他的整个人就都渴望得痛了起来。艾伦盯着女孩的腿,她的深色肌肤在白色躺椅的衬托下显得很黑。然后他抬眼看着她脸上经过训练的诱惑表情。在那做戏的表情后面,隐约可见真正个性的闪光。

"摸啊。"她说。艾伦想摸她——看看她是不是真的。但他还没回答,女孩就起身向他走了过来,身材高挑、姿势优雅,他梦想中的女人。

艾伦又开始发抖,就像他小时候那样。怎么可能不呢?这位忠诚的丈夫伸出手摸了上去。之前他从未违背过婚姻的誓言。

他没有移动手掌,也没有弯曲手指。他就那么把手平摊在她美妙的肌肤上,感觉如此温暖,几乎有些灼热。女孩握住艾伦的手,将它们紧按到自己的胸上,轻轻抚摩。这让他平静下来。她的动作很专业,像个按摩师,像是经过训练的艺术家。在过去几年里,艾伦从未像现在这样情欲勃发。他想爬出那扇窄窗,和这个女人融为一体。但隔板开始下降,他的时间用完了。在必须做出决定的那一瞬间,艾伦抽回了手。

艾伦惊恐地靠在墙上,告诉自己,爱抚那个女人和爬上楼来一样,不过是一时的鬼迷心窍。

他只不过想看一场窥视秀。上楼时,他还是一位忠诚的丈夫和情人,是个走在回家路上的普通上班族。现在,只不过是几分钟以后,他就变成了另一个人:女孩、妻子和婚姻誓约的亵渎者。艾伦想离开隔间,但他的双腿虚弱不已。还有他勃起的部位，硬得相当恼人，让人想起色情杂志里各种粗俗的描写。

艾伦感觉自己随时可能高潮，不敢轻举妄动。他希望能在躲开极乐满足的情况下逃出去。他坐在原处一动不动，一只手死死地攥着代币，想象着在车站等他的克莱尔。安全带被她凸起的小腹绷得很紧，便携水杯里冒出菊花茶的热气。但隔板另一侧就是那个女孩。多么美妙。她的双腿，她的肌肤。她触摸的方式和技巧。光是想到她就如此富有诱惑力，简直让他失去理智。艾伦什么也不想了，让羞愧乘虚而入，填补头脑的空白，直到虚弱的双腿都变得充实起来。

他心中立刻打起了算盘，各种谎言已经开始堆积。他的四角内裤怎么办？总不能就穿着弄脏的内裤坐公车去帕西波尼见克莱尔。她可以开车带他去健身房。吃晚饭前先去趟健身房，他计划好了。但他的勃起迟迟不肯退散。艾伦既没老到会很快疲软，也已经不再是能一直持续这种顽强状态的年纪。

但是话说回来，他心想，又为什么要让它消失呢，既然那个天使般的女孩离得如此之近，而他手里还有四枚代币？他已经跨过门槛，走进来了。勃起重新积蓄了力量，艾伦觉得它也许永远都不会消失了。他不能就这么走出去。他在心里承认，就算这意味着他将留在这里、永远不必离开，就算这意味着他将彻底失去外面的世界，只要那妖精能从椅子上站起身来，握住他的手，让他再摸一次她的身体，他宁愿牺牲其他一切。但他不能允许自己就此沉溺。他会投入代币，但他不会再摸。他会低头看着自己的鞋，连同鞋尖上那块害他陷入如此境地的瑕疵。他会用这种方式来挨过下次的观赏时间，不能再有一分一秒的享受。他会用掉付钱买来的代币，但赎罪行为就从现在开始。

• • •

艾伦把第二枚代币塞进投币口，闭上眼睛，听着隔板升起，缩进隔间两侧的墙壁。

一片沉默。他等待着，在脑袋里数着数。一元买不了多长的时间，很快窗口就会再度关闭。

"嘿！"

他听见了那个声音：嗓音深厚，有点喘不过气，听起来还带着谴责之意。"嘿，你。费恩伯格。你想摸吗？"艾伦知道那个声音是谁，但他需要时间来消化，需要一段情有可原的缓冲。"摸吗，费恩伯格？你想上手试试感觉吗？"

艾伦抬起目光，全身都冷了下来。第一把椅子里坐的是曼恩拉比，样子和以前没有什么变化，只是老了十五岁。他全身赤裸，袒露着肥胖的身体和毛茸茸的胸膛。曼恩实在太胖了，胸部比之前的女孩还大。

他旁边是艾伦学校里的其他三位拉比。利夫金拉比坐在第二把椅子里，只穿了一条泛白的蓝色四角内裤。再过去是沃尔夫拉比，戴着圆顶小帽，披着流苏披肩，那些原本雪白的流苏在椅背上显得有些发黄。坐在最后一把椅子里的是泽特勒拉比，腿上摊着本书，戴着镜片厚实的黑框眼镜，小眼睛深深陷在眼窝里。泽特勒伸手扶了一下眼镜，往鼻梁上架得更高了些。

艾伦惊奇自己居然没有晕倒或当场发疯。他希望自己的心理医生斯普林麦尔也能在场。几位拉比的出现让他猝不及防。他花了很大工夫才脱离他们的世界，至今为止也从未想过要回去。

曼恩拉比抬起脚重重地跺在地上。"说正题吧，费恩伯格。我是不是应该走过去，好让你摸我？你想让我过去吗？"

艾伦抓住窗棂，挠着最上面的凹槽，想把隔板拽下来。"拜托，拉比。请坐。请你快坐下吧。"

"你不想摸我吗？"曼恩模仿着女声说，抬起胳膊摆动手指，尽力摆出优雅的样子。"我比不上那个漂亮的长腿女孩？毛发太多了？太犹太人了，著名律师艾里·艾伦·费恩伯格·费恩先生看不上我？"

"不是这么回事，"艾伦说，"真的不是。我没想再摸她。已经结束了。"

"不对吧，费恩伯格。我明白的。艾里·费恩伯格还没满足呢。他从不满足，"曼恩拉比回头对其他拉比说，"但他会留下来坚持到最后吗？不，他总是转身逃跑。"

好主意，艾伦心想。他转过身冲向门口。

"等等，费恩伯格。转过来。看着我。听我说。"

艾伦垂下双手，转过身，看着他，听着。

"总是这么意气用事。"曼恩拉比说，向前俯过身去，直到睾丸都从椅子上垂了下来。"总是不假思考就行动，随心所欲。"利夫金拉比赞同地点着头。利夫金总是在一边表示赞同。"听着，费恩——看,我甚至都叫了你现在的名字。把你律师的头脑打开,费恩,尽量有逻辑一点。既然我在这里,还把其他拉比也带来了,我们像洗蒸汽浴似的坐在这儿,你觉得我们会让你这么容易就溜掉吗?用点脑子"——曼恩拉比拍了拍自己的头——"再来跟我交易!"

又是更高的要求。拉比们总是对费恩提出更高的要求。他不是已经应对得相当不错了吗?他有尖叫着说"这不可能"吗?没有。他正尊敬地听着。说到底,这是对个人隐私的侵犯,是哈拉卡所规定的罪。不管拉比们怎么想,代币、霓虹灯招牌和街上的男人都承诺,这里会有女孩子的现场表演——拉比们可不是女孩子。他们在舞台上坐的每一秒钟都相当于在掠夺他的财产。

拉比们看起来毫不在意。他们坐在那里盯着他,艾伦也回盯着他们。他在等代币用完,等隔板重新降下来。

但隔板始终没有动。艾伦开口问了个问题。他尽量让语气显得处变不惊,但声音听起来完全是个焦虑的小男孩,疑问也变成了恳求。

"为什么,"艾伦说,"为什么隔板不降下来?"

曼恩愤怒起来,和十五年前教他犹太法典时一模一样。"我想说的就是这种愚蠢。你以为,费恩——你以为这扇窗户真的会关上吗?"

"不,"艾伦说,语气相当可怜,"我想它再也不会关上了。"

"真是无药可救!"曼恩吼道,"你知道它不会永远开着,就像你知道它也不会很快就关上。你头脑不错,费恩,但告诉我为什么你永远表现得像个蠢货?"

"你想知道我为什么不理你?听听你自己说的话,拉比。你总在不停地攻击人。"

"什么,难道我该把你当成榜样?说费恩选择没有上帝的生活真是太明智了?恭喜你改了名字,这样异族餐厅的侍者接待你时就不会再问第二遍你到底叫什么了?费恩,在没有麻烦也没有犹太人的地方生活,这样他儿子即便是安息日也可以无忧无虑地踢足球了?"

"儿子?"艾伦打断了他,"克莱尔怀的是儿子?"

"我怎么知道!看看你自己吧,总是在微不足道的细节上纠缠不休。你怎么不想想那孩子不是犹太人?"

"我无所谓。"艾伦说。

这时,拉比们后背正对着的窗口开了。艾伦毫不惊讶地看见斯普林麦尔医生站在里面,挠着短短的胡须。他是证人。曼恩叫来了证人。

"先来枚代币。"心理医生对自己的病人说。

"代币?"艾伦说。

"我想你还是帮我付了这场窥视秀的钱比较好。在你的治疗过程中,我们建立起了一种部分基于经济交易的关系。我们可不能让这种关系遭到颠覆,特别是在这种奇特的情况下。"他露出抱歉的微笑。

艾伦为斯普林麦尔投入了一枚代币。曼恩翻了个白眼。

"费恩转变得还顺利吗,医生先生?"

"会顺利的，"斯普林麦尔说，"他已经努力了很久，我相信，他总有一天会习惯他一手创造出的生活——那是种不错的生活。他是个很好的人。"

"我有说过他不好吗？"曼恩拉比挺起身体，在椅子上扭过去面对着医生，"我来这儿正是因为他是个好人。我想知道，是什么让一个好孩子忘掉了上帝。他有不错的工作，有不错的生活，是什么让他从来都不扪心自问，这种舒适的生活到底是怎么来的？这么一个可爱的男孩——家里还有个可爱的妻子在等他——是什么让他爬上楼梯来到了这种地方，来抚摸一个只能靠出售身体谋生的女人？"

艾伦回答了他。"是你。"他伸出一根手指，一直伸出了窗口。

泽特勒从书本上抬起头，心不在焉地说："摸吗？"

"是你把我变成这样的，"艾伦说，"我会到这儿来完全是你的错。"他突然愤慨地回想起曼恩的教室，想起拉比当年是怎样一拳重重地打到桌上，只为一些下辈子才可能解决的事，一个接一个地咒骂学生。

"真的吗？"曼恩问，脸上挂着灿烂的笑容，"我一直以为是反过来的呢。"

"我还能怎么选择，拉比？我以前会去本吉·沃尼克家去玩，他是加里兹亚大拉比的孙子。他会把色情杂志藏到父亲书架的空档里，因为他父亲就是这么干的。是希姆查·沃尼克的杂志告诉了我生活的真相，对此我又能怎么办？"

斯普林麦尔医生伸出一根手指。"请允许我插话,手淫是种正常行为。甚至可以说是健康的。成年男人看看色情图片无伤大雅。"

"可他是加里兹亚大拉比的儿子,是个睿智的人,是高中的理科老师。对于一个在黑白分明的世界里长大的男孩,面对这样的矛盾,他该怎么办?"艾伦转回去对着曼恩,"你为我们描绘了最美丽的天堂,拉比,然后就撒手不管,任凭我们发现,自己最后还是会堕入地狱。留点空间——真希望你给我们留下了些怀疑的空间。"

曼恩拉比受够了。他挥舞着拳头,胳膊上松软的肥肉下流地阵阵颤动。"你应该质疑的,费恩。聪明人都会质疑,但不会彻底抛弃信仰,不会摇身变成舍弃上帝的变态。"

"我不是变态!"艾伦喊,"我也没抛弃任何东西!你想要的只有真相和正义,还有一切能归类的事物。可是还有些东西位于中间,拉比,不是对的也不是错的。只是自然的结果。"

"谁说不是了?这世上存在着很多陋习。"曼恩用掌心揉着大腿,"你非要在这儿看见我,才能承认这一点吗?才能承认你抛弃了上帝,只因为这个世界不是你想象的那样?"

"我不是这个意思。"

曼恩拉比吐出口气。"那你是什么意思?"

"我脱离宗教是因为有你这样的人。"

"我,"曼恩说,提高了声音,"我?"然后他控制住了自己,"如果你愿意这么想,那我也没什么别的想问了。"

隔板轻松地滑了下来，仿佛刚上过油。艾伦还剩下两枚代币。他抓住门闩正要打开，心里突然明白了：隔板还会再升起两次。既然拉比们在场，就一定有条正确的道路。一个人要么跟着这条路走，要么就陷入黑暗。这就是他们所提供的选择。尽管艾伦心怀怨恨，觉得自己一直被他们所欺骗，他的心里仍然有些希望能再度活在他们的世界里。在那里，一个人要么信神，要么不信，要么是个好丈夫，要么就是个坏人。那里的正义天平总会倾向某一侧。拉比们知道该怎么理解希姆查·沃尼克这样的存在，一个持有邪恶杂志的好人。

艾伦用拇指抚摩着代币的表面，重新闩上了门。他会好好面对老师们，不再逃跑、不再躲藏。逃避无法解开他的心结。他不想再随时随地想起拉比，不管是把车停进车库，还是到地下室去换保险丝的时候。艾伦看了一眼表。时间足够他用完所有代币，赶上要赶的公车。再说这次女孩们也许就回来了。也许曼恩会消失。他说过，他已经没什么要问的了。

...

艾伦在心里做好准备，投入了一枚代币。隔板升了上去，他看见了一条浑圆的腿，属于一位上了岁数的女人。他心中一阵狂喜——结束了，就这么简单。然后艾伦意识到这位女人是自己的母亲，一切还没有结束。克莱尔坐在母亲旁边，只穿了一条短裤，短裤的前面完全被凸起的大肚子遮住看不见了。大部分隔间的窗口都开着，艾伦可以看见里面的那些男人。他们动着胳膊，仿佛被催眠了一样瞪着眼睛。有个男人戴着圆顶小帽，是本吉·沃尼克，加里兹亚大拉比的孙子。

艾伦的母亲穿着长袜和吊袜带。其他女人会在袜子里塞小费，她塞的则是一团面巾纸。

"要纸吗，艾里？你忘带了吗？"她伸手把面巾纸递给他。

"坐下，"他说，"妈，坐下！"

"干吗？免得你浪费一块上好的手帕。还有那么贵的西装。"

"妈，拜托，你在说什么？"

"我是说，我每天都洗你的内裤，知道那是怎么回事。"艾伦的母亲一向讨厌他的异邦人妻子，自婚礼那天起就宣布不承认他们。现在她居然转身靠近克莱尔，摸了摸她的手。"他问我我在说什么，"母亲说，"他的内裤比上过浆还硬，我都得使劲搓洗。如果你把他的内裤扔到地上，它会碎掉的。跟你说，如果俄国人在我洗衣服的时候扔了颗核弹，他那堆脏内裤会保佑我在地下室里平安无事。"

"你知道？"

"当然了。我是你妈。怎么，你以为你是世上第一个干那种事的人？"

"这是很正常的行为。医生是这么说的。拉比也没反驳——虽然他知道这是罪。"费恩解释道，给自己找退路。

"谁说这不正常了？"他母亲对着他的妻子说。

克莱尔耸耸肩，敞开大腿，让本吉·沃尼克看得更清楚。

"我想说的只是，"他母亲说，把面巾纸塞回袜子里，"稍微有点常识吧。为什么要毁掉一套上好的西装？为什么要毁掉一桩婚姻……"她停住了。

克莱尔转过头，等待着。艾伦也等待着，虽然他同时还在祈祷隔板降下来。他们都等着母亲说出后面的半句话："为什么要毁掉一桩婚姻，虽然是跟她？"但她没说。克莱尔微笑着伸出手搭到婆婆的手上，轻轻一握，说："就是啊。"

艾伦张口结舌地站在原地。妻子让了步，而母亲出卖了他。她以前可从没承认过自己不想承认的东西。

"拉比说的话就是这个意思吗？"他问她们，"这就是所谓的学会交易？"

她们还没来得及回答，第四枚代币用完了，隔板降了下来。

· · ·

艾伦轻轻地握着最后一枚代币。投进去的感觉会是多么美妙啊。他期盼着能看见拉比和斯普林麦尔医生，期盼能向他们证明：面对着这种让人宁愿逃离的情况，他还是甘心留了下来。他想把口袋都翻个干净，把空荡荡的双手摊平给他们看。艾伦把最后一枚代币投了进去。

窗口打开了，他面前是一把空椅子。其他三把椅子上坐着艾伦刚到时所看见的那几个女人，只有他的美人不见了。第二个女人用布朗克斯区的浓重口音招呼他。

"该你了。"她说，拍了拍空荡的座位。

艾伦已经开始脱外套和鞋了。他用一只鞋蹬掉了另一只——上次这么做还是小时候，父亲对着他怒吼，叫他别把安息日黑鞋的鞋帮给蹬坏了。

艾伦脱到浑身上下只剩下一块手表。他伸出手，在面前的墙上摸到了一个扶手。他抓住了扶手，仿佛早就知道它在那里，然后打开了属于他的这一小面墙。他猜想把手的铰链大概在墙的另一侧。

艾伦·费恩爬上舞台，坐到了那把空椅子里。

他觉得很难为情，特别是因为他的勃起还在继续。他用手遮挡了片刻，然后又垂下了手。

艾伦听见身后的隔墙升了起来。他希望那是克莱尔。他不想被母亲摸，也不想被曼恩拉比摸。他优雅地转过身，看见了那个戴着同样领带的拉丁男人。这他还应付得了。这样的情况，他可以屈服。

"摸吗？"艾伦说。

拉丁男人没有回答。艾伦知道他在期盼什么；他惊讶于自己如此善于感受，如此善解人意。这简直是种艺术。

艾伦站起身，走向男人。他的动作缓慢，态度漫不经心。他觉得，作为欲望的对象，这种冷淡恰到好处。

## 关于我母亲的家族，我所了解的一切

1. 看，那对夫妻并肩走在百老汇大街上。就算只是从远处遥望他们的背影，你也能看清妻子的一举一动：她夸张地挥着手，提出忠告和建议，分享睿智的见解。但她同时也是位友善的女人，这很明显：每走几步路，她就会放慢脚步，伸手揽上丈夫的肩，把他拉向自己。两人显然深爱彼此。

2. 如果我们怀着好奇穿越人群追上去，应该能更好地了解他们。两人刚好停了下来，看着路边小摊上的装饰品：手链、打火机、手表，奇特的是上面全都雕着革命者的头像。一旦靠得足够近，我们就会开始怀疑这两人关系的实质，怀疑他们是不是真的夫妻。

3. 两人在坚尼街正中央停住了脚。妻子转身正对着丈夫，提出的论点看来相当重要，重要到她相信就算变了灯，车流也会为她停留。就算车流不停，为了强调这个论点，她似乎觉得被车撞到也无妨。

这时我们赶了上来，确定了之前的猜想——女人露出微笑，挽住男人的胳膊，领着他安全地过了马路。这位妻子并不是妻子，这位丈夫也不是丈夫。

4. 现在两人的关系清楚了：他们是一对男女朋友。近距离来看，这位女友有双猫一样的大眼睛，脸上长着雀斑，是个波斯尼亚人。她身边的男友看外表比她老了十岁，长着一头乱糟糟的鬈发，容貌明显有点犹太人的特征。只要好好看看那张脸，就能认出这位犹太人：他就是我。

5. 让我们误解两人关系的是他们走路和说话的方式，互相碰撞肩膀，他每到转弯处就轻揽她后腰的样子。两人之间有种轻松的气氛——也许可以称之为安全感，让人联想到夫妻。从远处看，他们完全就是夫妇关系。

6. 他们——也就是她和我——在坚尼街正中央争论时，我虽然态度诚恳，却已经被她辩到走投无路。我们的争论大致可以归纳如下："如果你是个美国人，没有任何家族历史，最鲜明的童年回忆只是肥皂剧的剧情，甚至连你的梦想拼凑起来也不过是你睡着时旁边播放的电影片段，你怎么办？"

"那样的话，"女孩说，"你是在讲故事吧。"

7. 她的家谱写在一本《圣经》最后面的空白页上，皮革封面经过反复翻阅已经变得像手套一样柔软。她所住的房子就是她母亲小时候住的房子,也是她姥姥小时候住的房子。不管你信不信,她的太姥姥也是在同一幢房子里出生的。想想看吧:她家那些老照片都是刚洗出来就挂到墙上,在那里慢慢变旧的。

当这位波斯尼亚姑娘跟随父母来到美国,他们随身带上了那本《圣经》,但把那些老照片都留在了家乡,连同照片里还活着的亲戚们。

8. 我们站在街上,为我家被遗忘的历史而争吵。对这位一出生就被用她姥姥裙子改成的襁褓包住的姑娘,我又说了之前重复过多次的话:"哦,瞧我啊,我叔叔开枪打死弗朗茨·斐迪南①,导致了第一次世界大战的爆发,后来巴尔蒂斯公爵②跑到萨拉热窝,给我母亲画了幅肖像,画她穿着白色长袜打羽毛球。"每次我开这个玩笑,她都会掐一下我的胳膊,再一吻表示和好。而这一次,我还希望得到一个真正的答案。

9. "你只要讲出自己的故事就好,尽你最大的努力。"
"就算故事的内容只是去购物中心买东西、吃面包圈热狗和符合教规的比萨?"
"没错。"她说。

---

① 奥匈帝国王储。
② 色情画家。

122

"你不是认真的吧?"

"我不是那个意思,"她说,"你肯定还有更棒的故事。"她看着我,有些泄气,"你不可能真的什么都不知道!给我讲讲你母亲,讲她的某件轶事,现在就讲。"

"就算把我对母亲的家族所了解的一切都加起来,也算不上一个完整的故事。"她很了解我,我的姑娘,她知道我说的是实话。

10. 这位波斯尼亚姑娘,我的豆子——没错,我就这么称呼她——她总能让我充满自信。我先是表示我真没什么故事,但很快就给她讲起了金龟子,讲起了楼梯间里的尸体,还讲了有一只玻璃义眼的士兵。"看见没,"她说,"你的故事一个接一个,可讲的历史有好多呢。"

11. 我母亲的父亲有两个兄弟,很早以前就都去世了。姥爷从来没给我讲过他们的为人,只是一个劲地讲故事:"在禁酒期,我们把所有种类的酒都喝了一遍。香精酒,苹果白兰地。在弗吉尼亚州的时候,我们会跑到藏在林子里的秘密蒸馏房去买威士忌。喝之前,你得先点根火柴试试。如果那酒烧起来的火焰是白色的,你就尽管喝没事。如果是蓝色的,那可就是甲醇了。如果火焰是蓝色的你还喝,你的眼睛就会瞎掉。"

12. 苹果白兰地其实就是一种度数较高的苹果酒,姥爷教过我怎么酿造它。首先，把新鲜的苹果汁倒进一个罐子，加入一把葡萄干来制造糖分。把罐子放在一旁让它发酵，葡萄干会逐渐肥大起来。然后把罐子放进冰箱，耐心等待。酒精的冰点比水低。等罐子里结了冰，把罐子从冰箱里拿出来，去掉上面的冰（也可以把底下的液体倒出来），剩下没冻住的部分就是酒。小菜一碟。我曾在某个感恩节试着做过一次，那年的苹果来了场大丰收，就算在远郊也多到泛滥。我加入了葡萄干，放进冰箱冻起来，做好后去掉冰层，把剩下的液体喝了个干净。我记得我没醉，喝完什么反应都没有。不过我的眼睛也没瞎。

13. 如果你爬进我童年的头脑里，透过我童年时的眼睛向外望，你会看到一个由犹太人组成的世界：父母、孩童、邻居、老师——所有人都是犹太人，每个人都同样虔诚。再看看街对面那个天主教女孩的家，还有她家隔壁的那个房子，里面住着改革派犹太人。你能看见什么？一片模糊？一片空白？如果你什么也没看见，如果你的答案是否定的，那你看见的就和我当初所看见的一样。

14. 现在我完全脱离了教派。我的小侄女会用苍老的眼神看着我，看着她叔叔，然后声音甜美地问我哥："内森叔叔是犹太人吗？"答案是：对，内森叔叔是犹太人。他这种人叫作叛教者。他并无恶意。

15. 我的太姥爷也彻底放弃了宗教。姥爷给我讲过为什么。那是个真实的故事，而且逐渐变得越来越真实。并不是"小说比现实更真实"的那种真实。在虚构和现实的双重世界里，它都是真实的。

16. 他告诉我，当年在俄国的某个小镇里，他父亲和另外两个男孩爬上了一幢房子的房顶。其中一个男孩——不是我太姥爷——想撒尿，就在屋顶冲着底下撒了尿。他没看见有位拉比正好从底下经过。

水流和故事一样拥有弧线，最后总要降到某个地方。男孩把尿撒到了拉比的帽子上。三个人被带到了神职人员面前。作为惩罚，他们都被打得很惨。我的太姥爷无法忍受这样的不公平对待。他在心里用俄语、意第绪语和自己的语言想道：去他妈的，我受够了。

17. 讲到这个故事时，我知道的仍然只有：我们家来自古勃尼亚，那儿是我们的祖籍。我对会讲一点俄语的可爱的波斯尼亚姑娘这么说了。她摇了摇头，显得很哀伤，似乎觉得我知道的实在太少了。"'古勃尼亚'在俄语里的意思就是'省'，"她说，"和美国的州一样。说你来自古勃尼亚，就相当于说你是在州里出生的，纽约州也好，华盛顿州也好。古勃尼亚就相当于任何地方。"

"或者哪儿也不是。"我说。

18. 我向母亲问起姥姥一家的事。她说："嗯，当你姥姥的姥姥，也就是（她的目光变得茫然起来，伸出手指一根一根数着）我妈妈的妈妈的妈妈，从南斯拉夫来到了波士顿……"我打断了她。我三十七岁了，直到写这个的时候才知道，我姥姥的姥姥——我的高祖——是从南斯拉夫来的。为什么以前从来没人告诉过我？我简直目瞪口呆，而且很想给波斯尼亚姑娘打电话："嘿，邻居，是我啊，内森。你猜我发现了什么？"但她不是我能分享这桩新闻的对象，不再是了。生活就是这么无常。有些事实可以无限隐藏下去，可是当你终于面对它们，终于睁开眼睛看明白……这么说吧，我跟波斯尼亚姑娘已经完了。

19. 关于南斯拉夫，关于这桩重大新闻，母亲对蒙在鼓里的我毫无同情。她说："你有什么可抱怨的？我因为不知道而受的折磨可比你厉害多了。"她叔叔，也就是我姥爷的弟弟，在八岁时死于脑瘤。他们都束手无策。脑瘤杀死了三兄弟中的小弟弟。我姥爷那时十二岁，大弟弟十岁，死于脑瘤的小弟弟只有八岁。从我出生以来，我的每次头疼、每次抽搐和高烧都让母亲担惊受怕。她一直等着吃小男孩脑子的病魔找上门来。

20. 然后在二〇〇四年——母亲称之为"那个夏天"——她开车去了波士顿，因为表姥爷杰克要做手术换髋骨、换肩骨、换心脏瓣膜；她去波士顿，因为表姥爷杰克要进行各种检查，决定更换部件的大小。结果她听杰克讲了另外一个版本的故事，和她这辈子所知道的那个截然不同：我姥爷在十二岁那一年带着小弟弟阿布纳穿过联邦大街，一辆爬上坡的汽车刮到了他，撞得他把怀里的小阿布纳摔了出去。阿布纳站了起来，看起来完好无恙，只是右手划了道很深的口子。如果肇事司机当时观察得再仔细些，他的伤势也许会得到及时治疗。但司机只是下车盯着他看了一会儿，觉得这个犹太小孩没什么事，就回到车上开走了。

21. 我姥爷领着小弟弟回了家。太姥姥莉莉（姥爷的母亲）惊叫起来："汽车？撞上了？瞧瞧这条口子。"她给小儿子清洗了伤口，裹上绷带，让他躺了下来。她处理了伤口，但没去叫医生。我的太姥爷也没叫医生。伤口会好的。即便当他发起高烧，胳膊上蔓延起一道愤怒的亮红色静脉时，他们也这么想。孩子会好的。但他没有，我姥爷的小弟弟就这么死于手上的一道伤口。莉莉无法接受，她丈夫无法接受，我姥爷也无法接受。但他们还是接受了，至少表面看起来是这样。因为这件事后来就变成了传说中的脑瘤，变成了无法违抗的上帝的旨意，变成了只能以一句"老天保佑"[①]来应对的顽疾。

22. 三兄弟只剩下了两兄弟。大约十年之后，世界大战爆发了。我姥爷是法律上认定的盲人，无法参战。他仍然被征入伍，当了文员。

---

① 原文为意第绪语的"tfu-tfu-tfu"。

23. 和他同一办公室的同事是个有只玻璃义眼的士兵，每晚都不停地喝酒。等所有人都醉得和他一样厉害，他就会掏出平时那只玻璃义眼，装上另一只——上面没有虹膜，只有一圈又一圈的红色螺旋，相当于迷你箭靶。这个小把戏总能赢得大家一笑，让愣头青们觉得自己喝多了，反正他们也的确已经喝多了。

24. 姥爷的大弟弟死于战争期间，是战死的。至少我们一直都这么以为，直到现在。

25. 我最喜欢的家族传说是外人讲给我听的。故事的主角是保罗，我姥爷的父亲。讲它的人则是蒂奥（他娶了姥爷的表妹玛格特），之后三十年里姥爷最好的朋友。他们两人亲密无间，密不可分。

26. "你太姥爷，保罗，他的脖子和公牛一样粗壮，外围足有十八九英寸长。他可真是个结实的混蛋。"姥爷下葬的那一天，蒂奥这么告诉我。我们坐在墓地附近的一家餐厅门外，其他人都已经进去了。蒂奥和我站在停车场里，他冷得直跺脚。"有一天，下了班，我跟你姥爷还有保罗，我们去了一家专给火车工人开的酒吧。我们坐在吧台旁边，我们三个，然后坐在你太姥爷旁边的那个家伙冲他说：'你知道这地方有什么问题吗？'你太姥爷上下打量着他。'什么问题？'他说。你太姥爷放下了酒杯。别忘了，他还坐在椅子上没动。他还坐在吧椅上，面冲前方。他连眉毛都没抬，直接出拳横着一挥，就那么揍上了那家伙的下巴。坐着！然后你太姥爷若无其事地拿起酒杯，把酒一口喝了个干净。就那么一拳，那家伙就晕过去了，"蒂奥在回忆中摇了摇头，"那笨蛋从吧椅上摔了下去，像袋玉米。"

27. 我简直有点难以置信，这故事太棒了。"你们呢？"我说，"后来呢？"蒂奥大笑起来。"你觉得呢？"他说，"我说：'咱们赶紧溜吧。'然后我跟你姥爷，我们拉着保罗飞快地跑掉了。"

28. 对于我自己的家族历史，我有什么可以贡献的故事，又亲眼目睹过什么呢？我可以讲讲我家的早饭。我姥爷烹饪的本事无人可出其右。他最拿手的就是早饭：烧焦的咖啡、烧焦的鸡蛋、烧成黑色的培根。作为信教的家庭，我们不吃培根，但那股香味会让我们口水满溢。每次去姥爷家住的时候，我们（我父母、我的哥哥们，还有我）都会在培根烧焦的香气中醒来。那股烟雾会像动画里那样伸出蜷曲的手指，将我们从床上拉起来。

29. 就在一切结束之前，豆子和我去格林波因特市的波兰商店买巧克力。我们路过了一家乌克兰杂货店，豆子想起了她的那些乌克兰亲戚。她给我讲了一位远房的太叔公，他是个屠夫，某天脚下一滑，掉进了煮着大量火腿的沸水桶。他当即就死了，留下八个孩子。"你家就连差劲的故事也这么精彩。"我对她说。"这故事的确很差劲。"她同意。我想了想,又补充了一句:"这恐怕是最不犹太的死法。""是啊,"她说,"那不是烹调犹太人的传统做法。"我看看周围那么多家波兰商店,只能表示同意。"传统做法,是啊,你说得对。犹太人被送进烤箱,异教徒被绑在柱子上烧死,乌克兰叔公……""水煮,"她说,"活活煮死。"

30. 蒂奥告诉我,他三岁的时候,曾被家人独自留在洛克威市的小平房里。"现在还在,"他说,"那种房子现在差不多全拆光了,但我们那幢还在。"他进了父母的卧室,在父亲的枕头底下发现一支上了膛的手枪。蒂奥把枪拿在手里,瞄准窗户,瞄准时钟,然后瞄准了家里的狗,一条温厚憨笨的比格猎犬。它正在床边睡觉。蒂奥扣下扳机,射中了猎犬软塌塌的耳朵。子弹穿过去嵌在了地板里。"你打死了它?"我问。"不,不,那条狗好着呢——只不过耳朵上有个完美的圆洞。"

萨米(那条狗)只是睁开了哀伤浑浊的眼睛,看了眼蒂奥,然后又继续睡了。

31. 蒂奥讲这个故事的时候,我的表姥爷杰克就站在我身边,他不信真有这么一件事。"反冲力呢?"他说,"你才三岁,反冲力足够把你震到房间另一头,让门把永久插在你屁股里。"

"那是把零点二二口径的枪,"蒂奥说,"没多少反冲力。零点二二口径的枪连只跳蚤都震不出去。"

"即便如此，"杰克说，"那么点的小孩，叫人很难相信。"

"反正我成功了。"蒂奥说，转开了目光。在我看来，他的目光里毫无虚假。"我肯定是成功了，"蒂奥说，"我到现在还记得那一枪的手感。"

32. 一定是因为"那一枪的手感"这句话。是"那一枪的手感"让杰克回到了六十年前。他突然就开了口。杰克本来就不是个能守住秘密的人，更别提守上半世纪之久。现在他突然想起了事情的真相。"太惨了，"杰克说，"那通电话太过分了。我还记得，是我接的电话。"

33. "什么电话？"我问，"什么电话？什么事太惨了？"我急切地想问明白，想了解历史，好对一切都有个概念。我相信我的急切和慌乱已经吓跑了故事，我相信那一定是关于阿布纳，那个死去的小男孩。

"你姥爷的弟弟。"

"阿布纳？"我说，无法让自己闭嘴，已经等不及了。

"不是，"他说，"是本尼。你姥爷打电话给我，告诉我本尼死了。"

34. 这时玛格特过来了，挽着蒂奥的胳膊，脸上满是担忧。"是你接的电话？说本尼在战场上牺牲了？"

"对。"杰克说，然后他又说："不是。"

"不是你接的？"她说。

"是我，我接的电话。但不是在战场上。"

"他是战死的，"玛格特说，"在荷兰。"

"他埋葬在荷兰，"杰克说，"但不是在那儿死的。他也不是战死的。那是后来的事了。"

"后来？"

"战斗结束之后，战争结束之后。他站岗值勤的时候步枪走了火。"

"你一直都说，"玛格特难以置信地说，"所有人一直都说，'他是在荷兰战死的'。"

35. 杰克伸手放在我的肩膀上，听着玛格特的话，对我解释："'站岗值勤'，那天你姥爷在电话里就是这么说的，'一场事故'。后来过了几个月，我们在我家的车库里——我记得很清楚。我拿着个汽化器，他接了过去，就那么看着那玩意，好像那是人的肾脏什么的，用手掂着分量。'在卡车上，'他说，'本尼在后座睡觉，刚值完勤回来。有什么东西晃了晃，什么东西走了火，本尼被射中了头。'"

下一个开口的人是蒂奥："那可是几百万分之一的概率。我这辈子都在跟枪打交道。"

"是啊，"杰克说，"几百万分之一，说不定更低。"

36. 我心里想的是——也许是我脑袋的运转方式问题，也许是我神经元接触的问题——在这个有帕特·蒂尔曼①存在、以色列就是一摊浑水的世界上，我心里想的是：我觉得这故事不太对劲。也许是我多心了，毕竟这已经是六十年前的事。就算这故事听起来很奇怪，听起来像是手上的伤口变成脑瘤后的版本，但这也轮不到我来操心。这时杰克说："我一直都觉得这说法有问题，这故事不太对劲。"

37. 玛格特说："我不明白，为什么你姥爷从来没去看过他。"

"我们聊起过，"杰克说，"刚出事的时候。不过后来，就跟家里的其他事一样，"——从来没人说过这句话，从来没人承认过这家人的拒绝承认——"大家不再去想，也就那么过去了。"

38. 我在荷兰做签售活动，住在阿姆斯特丹的大使酒店，吃着种类丰富的荷兰奶酪，把该去的地方都去了一遍。中间有一天是我的休息日，一整天的空闲时间。我可以去看伦勃朗的《夜巡》，可以去红灯区，也可以去运河边散步，抽抽大麻。负责我作品的出版商表示，这些活动他全都可以带我去。"不用了，多谢，"我说，"我要去马斯特里赫特上坟。"

---

① 美国前橄榄球运动员，在"九·一一"事件后选择参军出征阿富汗，后来在执行任务时被友军误杀。

39. 如果你跟美国人说你要去，守墓人就会做点特别的准备。他会用沙子揉搓死者的墓碑。那些墓碑都是白色的大理石，上面刻的名字显不出来——白色的字刻在白色的背景上，看上去只是一大堆无名的石头。但一旦用沙子揉搓过，上面的名字和日期就会显现出来。就这样，你到了墓地，在满地的十字架间穿行，寻找犹太人的六角星。当你找到属于你家的那颗星星，看见沙子拼出的暖色姓名，你就会产生一种奇怪的感觉，仿佛你来这儿不仅是祭奠，同时也是来做客的。那是非常贴心的举动，让人心里一阵温暖，效果可以一直持续到第一场雨降下。

40. 你想知道我当时的感觉吗？你想知道我有没有哭吗？我们家的人从来不会提起这种细节——我们根本不会提起这整件事。我已经说得太多了。何况我还是个男人。在我们家族惯有的保密和沉默之外，身为男性更纵容了我把话都藏在心里的习惯，让我在情感上更添一层疏离，以至于波斯尼亚姑娘从来都不知道我到底在想什么。

41. 这件事发生在桥牌俱乐部里，那是一九八四或八五年的时候。我的姥姥、姥爷对战表姥爷蒂奥和乔·高柏克（玛格特从不玩牌）。就在轮到把牌亮出来成为明手的时候，乔跪倒在地，死了。整个俱乐部的人等着急救人员抬着担架赶过来，之后再继续玩下去——只有我姥姥、姥爷那桌没再继续。他们少了一个人。

他们等着裁判过来下指示。

蒂奥看了我的姥姥、姥爷一眼,看了自己搭档摆出来的牌一眼,又看了乔吃了一半的金枪鱼三明治一眼。他伸手去够剩下的那一半,然后拿起来吃了。"上帝啊,蒂奥。"我姥爷说。蒂奥说:"就算不吃也救不了乔。"

"即便如此,蒂奥。一个死人的三明治。"

"又没人逼你,"他说,"你可以闭嘴就那么坐着,也可以来根薯条。"

42. 我姥爷并不迷信,但他坚信是那半个三明治为蒂奥引来了诅咒。他说,这就是为什么蒂奥会把车停在"满盘派"店外的斜坡上,却忘了拉手刹。停完车,他往坡下的餐馆走去,一回头就看见汽车朝下向他冲来。直到现在,蒂奥仍然说那是他这辈子跑得最快的一次。他被自己的沃尔沃碾了过去,后背整个裂了,不过已经恢复得基本看不出来。

43. 我的沙发长达九十二英寸,是深绿色的,有三层坐垫,宽敞得足以容纳上百人。但我买它不是因为它宽敞。我买它是因为,如果要在看电影的时候两人相对而卧,如果要点着两盏灯、头抵头或脚抵脚地躺在一起看书,这张沙发正好能让我和另一个人舒服地躺下——我和她。

44. 她走了。她走了,如果听说我活着写下了这些文字,她会惊讶的——因为她和所有认识我的人一样,都相信我无法独自存活。我连一分钟也无法独自待着，我受不了哪怕一秒钟的沉寂、一秒钟的安静。如果要我呼吸，身边必须有另一对肺叶陪伴。至于要我有所感觉、拥有感情？我的家人不会显露任何感情。爱倒是可以。哦，说到底，我们毕竟是犹太人。我们会表达爱意、相互赞扬，不停地亲吻拥抱。我的意思是，只要是我家的人，只要是和我流着相同血液的人，我们就不可能坐下来直面现实，不可能无人陪伴地独自坐在沙发上，思考事情的真相，说出事情的真相。这不可能。反正我绝对做不到。她知道我做不到，所以我们才会结束。

45. 我们之所以结束，是因为对方需要你需要和他们在一起——和她在一起，不是因为你害怕孤独。

46. 我姥姥曾经工作过。她在家具店里当了一个月的会计，然后我姥爷向她求了婚。在那之前，家具店的老板也向她求了婚。她拒绝了。

47. 她还有另一份工作，我一直将其视为她的工作。我之所以把这件事写下来，是因为我总会把这个场景放进我写的每一个故事。在我描绘的每一段人生里，我都会放入这个场景，然后再把它删掉——因为它只对我一个人有意义。这故事讲的是我姥姥和"林肯先生"品种的玫瑰，讲的是我姥姥在后院里捕捉金龟子。她把金龟子从玫瑰叶上拿下来，放进玻璃瓶里让它们自然死去。我会帮她的忙。每捉一只金龟子，我都会得到一角钱。姥姥告诉我，这是因为她每捉一只金龟子，姥爷都会给她一角钱。在长大成人之前，我一直以为这就是她的工作：在玫瑰开放的季节捕捉金龟子。

48. 下面这个故事讲的是玉米和自觉像个男人的我：姥爷开车带我去了农场交易站。交易站的房门开着，但里面没人。写着"自助式销售"的牌子底下摆着一个咖啡罐，里面放满了钱。人们可以自己给货物称重，留下相应的钱款，必要时再自己找零。这里的老板娘每当人手不够就会这么干。我们是来买玉米的，但玉米差不多都卖光了，可选的不多。这时老板娘开着卡车回来了。她下了车，冲我们打了招呼，打开了车斗门。过了不到一分钟，她就开始敏捷而熟练地往下卸麻袋。姥爷对我说："上去，给她搭把手。"

49. 我跳上卡车，把成袋的玉米往下抛。强壮有力的小伙子就该这么干，而我在此之前并不知道这一点。但我没有犹豫，和她一起卸完了整辆卡车，心里很安定，觉得自己充满力量。

50. 那些玉米不是"银色皇后"就是"黄油与糖"，世上最甜的品种。老板娘让我们随便拿，但姥爷不肯。我们把纸袋装得鼓鼓囊囊，付了相应的钱。回到姥姥、姥爷家里，我坐在后门的台阶上给玉米剥着皮，空荡荡的金龟子罐扔在身边的灌木丛里，半导体里放着的音乐透过纱门飘荡出来。身为在郊区长大的犹太男孩,我从未像当时那样觉得自己有着宏伟的目标,从未像当时那样深深体会到自己是个美国男人。

51. 我所爱的女人,那个波斯尼亚姑娘,她不是犹太人。我和她在一起那么多年,在我家人看来,我们就等于从来没有在一起过。他们已经非常擅长这种事了,那么熟练而出色。被篡改、遗忘和丢失的不再仅限于过去,也包括真实的当下。时间缓缓流逝,所谓的现在也可以推翻重来。

52. 我还爱着她。我爱你,豆子。(即便是现在,我也无法好好地把这句话说出来。让我再试一次:我爱你,豆子。我说出来了。)在现代YouTube、iTunes等电子生活的包围下,我把这句话放在了一篇简短故事的中央。没人会读到它,没人会听见。在我目力所及的范围内,没有比这儿更好的隐藏地点了。

53. 圣诞夜那天,就是今年的那个圣诞夜,我上阁楼去找酱油壶。我找到了酱油壶,找到了我的空手道服(绿腰带,棕色条纹),还找到了一个写着"大立柜"的鞋盒。我掀开鞋盒盖,明白了文字的含义:那是我姥爷众多柜子和抽屉的残骸——是一个人一生的浓缩和精华。里面有张叠起来的小孩的画,画上一个人坐在一把椅子里,一顶帽子,两条胳膊,两条腿——其中一条腿直直地抬向一侧,仿佛那个人正在用腿敬礼。那条腿弯成了生理上不可能办到的夸张角度。这是我母亲的画。她已经多年没见过它了。她完全不记得自己曾装满这么一个鞋盒。

54. 那张纸上画的是保罗太姥爷。"他被火车给撞了。"母亲说。听到这句话,我愤怒起来,虽然是以一种并没有真正生气的、饱含爱意的犹太儿子的方式。母亲知道我在写这个故事,也明白我想知道一切真相。保罗太姥爷在铁道上干了一辈子,最后却被火车给撞死了?我不信。我没法相信她的话。

"哦,不,不,"她说,"不是撞死的,不是那么回事。那时候他刚十八岁,撞完了还好好地活着。不过,那条腿,他的腿再也好不了了。"

55. 豆子第一次带我回家的时候,我们一路走到了威廉斯堡区的河边。我们站在工业园区一家破旧的工厂外面,盯着河对面地势较低的曼哈顿,看着那个如满月般蓬勃闪亮的城市。

56. 豆子掏出一把钥匙,打开了金属门。工厂的地板上什么也没留下,看不出以前到底生产什么。洞穴般的厂房现在变成了一个大杂院,挤满了独立格局的小屋子,活像建在盒子里的棚户区。"我有很多室友。"她说,然后她又说,"我刚搭完整个房子。昨天晚上,他们刚帮我把房顶安上。"在厂房后方,在自行车零件堆成的小山后面,有一群狭小的屋子。屋子一侧搭着一把梯子,我们爬上去就到了一间小格子里。她把各种形状和大小的支架焊在一起，搭出了有落地窗的四面墙和有天窗的屋顶，透过天窗看得见头顶做工粗糙的横梁。那可真是间奇迹般的屋子，像个完工的拼图模型。"这下我得挂窗帘了。"我们在她床上坐下后，她说。我说："你住在由窗户搭成的屋子里，不过……"我挥了下手，"这里看不见外面。"她表示接受，抓起了我的手。

57. 我曾对姥爷提起过他，就那么一次。那时我在上大学，去姥爷家看他，我们喝着威士忌玩金罗美牌。我提起了他死去的大弟弟本尼——参军的那个弟弟。我刚听说过他的故事。我有些笨拙地说了些话，提起学校里唯一一个被招入伍的学生，他去参加了第一次伊拉克战争——好的那一次。我还说了些关于兄弟关系的话。我自己也有兄弟。

58. 姥爷抽了张纸牌，整理了一下手里的那一叠，排成想要的组合。"我们曾经拥有过一栋小楼。两层的。我们把它租了出去，一层是家熟食店，二层分成了两个单元。不止一次，"他说，"我在房子里发现过尸体。我会在上班前过去看一眼，然后就会发现尸体。有一次是在楼梯平台上，还有一次在屋后的小巷里，那人的帽子还戴在头上。那都不是激情犯罪，而是讨债还债，是累得活不下去了。"他把纸牌牌面向下扣在桌上。我看着纸牌的背面图案。"碰牌。"他说，到门外去吸雪茄了。

59. 我利用《信息自由法》得到了想要的答案。我们家没有这么一条法律，但政府有，政府会告诉你关于那个失去的弟弟的信息。政府有时会跟你分享秘密，只要你主动去问。

60. 当我需要她的时候，豆子去哪儿了？当我无法面对某种感情的时候，豆子在哪里？我并不是不想表达感情，恰恰相反——在这里做出决定的是以前那个我。为了她，我希望自己苍白了脸，什么都不说，变得紧张兮兮，告诉她：如果有人给我打电话，她可以到床底下来找我。

这时她正在某个地方的餐桌上跳舞。我在脑海里是这么想象的。我们真正谈话的次数不多，但聊天时，我们会不时开这个玩笑。我说："我一想你现在在干什么，就会想象你在某个地方的餐桌上跳舞。""哦，没错，"她说，"我就是这种人，每天晚上都在外面跳舞。"

61. 那封信是真的——在现实和虚构的世界里都是真的。政府的确寄来了一封信，信封里有一叠纸，印着歪斜的表格，字体在反复复印中变淡，大片的空白处贴着额外的解释文件。里面还有我姥爷手写的一封信，他的字很漂亮，看起来聪明又自信（但并不自负）。那是给政府的一封信，措辞礼貌，简洁干净。他代表自己的母亲写信，询问她儿子的事——他的弟弟，在战争中（之后）去世了。他们填过表格，但仍然没有收到死去弟弟留下的物品，他想知道大概什么时候才能有消息。

他的遗物。

本尼留给这个世界的遗物。

62. 我就在这儿，化身成了小说中的人物，坐在沙发上，捧着我姥爷写的信，嚎啕大哭。我不记得以前见没见过他写的字。我想给母亲打电话，告诉她我手里正拿着什么。我想给我哥打电话，或者给表姥爷杰克打电话。但是说真的，比起其他所有人，我更想给那份遗失的爱打电话——给失踪的爱人打电话。我希望此刻她能在场，我想和她分享这一切。特别是我意识到，自己正因真正的哀伤而哭——不是因为紧张，不是失望，不是沮丧，也不是迷茫——只是因为事情的真相，因为这一切令人心碎。这是我所体会过的最纯粹的感情。我想把这些都告诉她，告诉她我正在体会一份纯粹的感情，这也许是我第一次体会到真正的感情，告诉她，我承认，我为此而骄傲。

63. 我因十年前去世的姥爷而哀伤，因四十年前去世的他的母亲而哀伤，因六十年前去世的他的弟弟而哀伤。我独自坐在沙发上恸哭，为了那封信的简单和纯粹：你的最后一个弟弟也死了，你写信去索要他的遗物。

# 日落营

"我要想跟希梅尔曼拉比说话。"

说这话的是七十六岁的艾格尼丝·布朗,她站在约什的餐厅专属座位后面,正对着他的后脑勺。

约什转身对着她。她不是一个人,她从来不独自行动——七十八岁的阿尔尼·莱维尼就站在她身边。"你们都知道,"约什说,"希梅尔曼拉比已经走了。现在我是这里的负责人,这一整个夏天都是。"

"你太年轻,当不了负责人。"阿尔尼说。他是艾格尼丝的保护人。

"而你呢,阿尔尼,你太老了,不适合参加夏令营。"

"这儿是老人寄宿所。"艾格尼丝说。

"有人教游泳吗?"

"我们可以学游泳,"艾格尼丝说,"在湖里。"

"只要有游泳课,"约什下了结论,"就是夏令营。"

他迎上艾格尼丝的目光,直瞪着她,虽然他坐着而她站着。艾格尼丝又变矮了。每年夏天,老人们都会变小变矮,孩子们则长高长大。约什觉得这世上的总高度恐怕是固定的,几个英寸只不过是从一个人转移到了另一个人身上。

他回过身想继续吃饭,正好看见一位波兰女服务员收走他的餐盘,端回厨房去。这些波兰姑娘都是吃苦耐劳的好员工,工资也不菲。但在约什看来,像她们这样漂洋过海到了一个新的国家,哪儿都没去就来了巴克夏,专职照顾生活无法自理的犹太老老少少,可真是种悲哀的观光方式——她们根本就没见过真正的美国。

等约什想完这些,他的午饭已经跟着波兰姑娘消失在厨房里了。他拿过咖啡杯紧握在手里,能感觉到那两位还在他背后徘徊。

阿尔尼伸出遍布老年斑的手,动作僵硬地拍了拍他的肩。艾格尼丝又开了口。

"小伙子,"她说,"小毛孩子。希梅尔曼怎么了?他一直管这儿事。"

"你为什么要这么说话?"约什说。

"怎么说话?"

"什么'他一直管这儿事'。就好像你没在新泽西、利文斯通生活了五十年似的。现在都一九九九年了,转眼就到新世纪了。说真的,这种说话方式到底是从哪儿来的?什么'我要想跟拉比说话'?"

"没礼貌的小子!"她说,"不过,你是个好小子。"然后她对阿尔尼说:"就像她,容易动感情的都不尊重人,因为他们怕动感情。"她又转向约什,眨了下眼,"我孙女,她也没礼貌。"

"吃素的那位?"约什说,"重生的哈希德派素食主义姑娘,有四个孩子的那个?"

"对,"艾格尼丝说,"你可能有机会见到她。像你这样,头都秃了……"约什伸手摸了摸自己所剩不多的头发。"这工作……可怜兮兮的,觉得不?对我们,这里很棒。但对你,哈,就这?一年三个月住板房,身上一股浣熊味……要我说,对你,离过婚的好女人可能正合适。等她访问日来,去散个步吧,你们俩。偷亲一口。可以让她走前面,好好瞧瞧那壮实的好腰身,就看中间,别管两边多宽。"

"'条状视野',他们现在的说法。"阿尔尼说,一如既往地在句子里加上了"现在",仿佛所有人都被困在过去,只有他一个人成功地跨越了时间。

"访问日,"约什说,冲阿尔尼竖起一根手指表示强调,"听见了吗?她说'访问日'。只要有访问日,这就是夏令营。"

"这位太太,"阿尔尼说,"她要找希梅尔曼。是他一直照顾我们。坦格伍德音乐节,希梅尔曼一直给我们弄票。还有驱虫剂,一直都免费——他装在兜里,需要就给你喷。我在这儿五个夏天了,过了第一年就再没得过疟疾。"

"你从来都没得过疟疾,"约什说,"我们这儿已经没有疟疾了。那叫莱姆病,但你也没得上。你只是累着了。"

"对,是莱姆病,"他对艾格尼丝说,"我得的那种病。差点死掉,就在这儿。"他又对约什说:"你还没告诉我们,一位拉比怎么能就消失……"

"那不是我们该操心的事。营地上出了点问题，"约什说，"少年营那边出了点问题。现在我来了，希梅尔曼走了，你们知道这些就够了。"

"什么问题？"艾格尼丝说，"我没见哪个小孩脸向下飘在湖里。是因为乌龟吗？"

"不，不是乌龟的问题。我告诉你们，孩子们才不会抱怨这附近有乌龟。他们可喜欢乌龟了，跟它赛跑总能赢。只有老人才抱怨有乌龟。因为有人抱怨，我把它们的窝都挪走了，可怜的小东西。我派人把它们从湖里钓上来，送到很远很远的地方去了。"

"它们会回来，"阿尔尼说，"就像大象——乌龟的记性很好。"

"希梅尔曼呢？"艾格尼丝说。

阿尔尼总算帮约什说了句话："他们现在说的'出了点问题'，就是咱们以前说的变态，那时候还没有律师这种东西，现在律师多得跟松鼠似的，每棵树上都藏着上百只。在我们那时候，布鲁克林的每所教堂里都冰藏着一打祭坛男孩，跟啤酒似的，六个一组。要想好好打场棍球，我儿子得坐在门廊上等着，等他们慢慢解冻……"

"你说什么呢？"艾格尼丝说，打断了他。

"希梅尔曼——他老乱摸。他猥亵。给咱们弄票的那位朋友，"阿尔尼失望地摇了摇头，"太差劲了。他表现得那么友好，双手都摆在看得见的地方，说话时挥来挥去的。"

"你说什么呢？"艾格尼丝说，"'猥亵'，是意第绪语吗？我听不懂。"

"不,不,"阿尔尼说,"猥亵——猥亵就是乱摸。你听什么都是意第绪语,'伪造''萎缩'……"

"'萎缩'是意第绪语。"

"不,"阿尔尼说,"不是。总之,这孩子是说,这小子——他配不上你孙女。你孙女现在戴假发,还吃华夫热狗。"

"是'豆腐'。"约什说。

"他是想说,因为猥亵罪,他升职了。他填补了变态的空缺。了不起!"

"谢谢,"约什说,"总之,只要你签字说想去坦格伍德音乐节,你就会拿到票。"

"我们签了。"阿尔尼说。

"那就行了,"约什说,"你们可以去听音乐了。"

"成。"艾格尼丝说。

"很好。现在我要转过去,找块——用你的话说——'挺不错的'蜂蜜蛋糕来吃。在我吃的时候,亲爱的艾格尼丝,你还会在这儿站着吗?"

"还有一件事。"艾格尼丝说。

"我想问的就是这个。告诉我,是和之前两天的'还有一件事'相同的那件事吗?是那个我们已经说好不再讨论的话题吗?我们说好了,就算真的要讨论,至少也别在食堂,这儿也许会有人不小心听到你要说的那件事,也许会觉得很受伤,会在夏……在老年寄宿所过得非常非常不开心。是那个话题吗?"

"既然你知道，"艾格尼丝说，"既然你故意把话说得这么长，又嘲笑，又讽刺，那你为什么不做点什么？"

就在这时，他正好从旁边走了过去，那个大块头，多利·福克。他是个很安静的人，脾气温和可亲，从不惹麻烦，也不会从早到晚对约什抱怨个不停，好像人生剩下的日子就是一场无穷无尽的失望。他是个桥牌老手，来自俄亥俄州的托莱多市，对生活要求不高，只求能吃上符合教规的清净食物，打打扑克，在感到痴呆症威胁的时候高声叫牌。

正是他这样的人让约什得以拥有一些宝贵的瞬间。是这些瞬间让他年复一年地回到这个地方，支撑他熬过制定来年计划、招聘员工的漫长冬季，让这个职位变得不那么可悲，相反充满荣耀。

第一年，提供这种瞬间的人是丽塔·戴斯伯格。约什望见她站在湖边，一动不动地盯着水面发呆，任由身边雾气缭绕、夕阳下沉。那个时刻如此平静安详，就连她的身体也暂时忘记了正在生长的肿瘤。第二年夏天扮演这个角色的则是查理·昆布拉姆，他的人生就是一场悲剧，往事悲伤到让人不忍讲述。但约什还是在他身上看到了那一瞬间，非常简单：当一群少年列队经过，脚步在路上扬起一片沙尘时，查理让开站到一边，微笑着让他们先走。

这些宝贵的瞬间次数很少，间隔的时间也很长。大个子多利是新营员，来这才两个星期，约什却已经在他身上看到了同样的东西。

多利·福克不会对着小孩笑,也不会盯着湖面看。他并不享受美食,当遗孀们坐到他身边时也只会攥紧手中的报纸。但当那庞大的身躯坐到桥牌桌边,当听到洗牌的刷刷声,他会冲对家点头示意,看起来仿佛一瞬间回到了十八岁,眼中闪着兴奋的光芒。

看他玩牌是种享受,也让约什更加坚定了对这份工作的信心。多利就是他在工作之余的慰藉,他不允许任何人搅乱多利在这里的生活。但艾格尼丝就是不肯让这个大块头好好过日子,她和阿尔尼对多利紧揪不放。

"没有冒犯的意思,但我要告诉你们,"约什说,"不论是好是坏,这种夏令营总能引出人性中最青春天真的那一面。你们两人每年都来,在这儿度过整个夏天。他们不由自主地来了。那些刚来两周的新人,最晚加入我们的桥牌爱好者——你们残酷地对待他们,而且不由自主。"他抬起一只手,但并没摆出粗鲁的手势,只是让他们别打断自己,"很抱歉,但这是真的。你们总是冷脸对着他们,我都看见了。请原谅我这么说,但你们的态度就像是高三学生在欺负新来的插班生。"

阿尔尼亮出了王牌。他卷起衣袖,展示胳膊上的号码。

"我不知道高三的学生是什么样,我没上过高中。但要说集中营,我可是蹲够了。和这儿不一样的'营',没错吧?你说营地?我知道营地什么样。我见识过人性。我亲眼见过,我知道……"

"对不起,对不起,"约什大声说,"对着号码我还能说什么?我很抱歉。在集中营这个话题上,我听你的。"

阿尔尼靠得更近了。"你看不见我们看见的东西,"他说,"对着取款机,我可能想不起来取款密码。就连我自己的孙子孙女,我承认,有时他们的名字我也叫不出来。但以前那些脸,那里的……"阿尔尼说。

艾格尼丝语气激烈地接了话:"那些,我们不会忘。"

"你们别再揪着他不放了!"约什说,几乎是喊出来的。他本来从不叫喊。他们年纪大了,话很多,总喜欢戳别人的痛处,已经没有自控的常识和愿望了。他们享受着老年人的特权。他一般不会失去耐心。但这次不一样——这种控诉不只是恶作剧,不只是因为头脑混乱,也不仅仅出于他们那出了名的痴呆健忘。

"别告诉我你看不出来,"艾格尼丝说,"当他在桥牌桌上坐下来,那张脸就会变成原来的样子。变成本来的那种……"

"他很漂亮!"约什喊道,"漂亮!他玩牌的样子很漂亮!"

这下不光多利·福克本人,屋里的所有人都转过来盯着约什。不知怎么的,他已经站了起来,不知怎么回事正在高声喊叫。不知怎么搞的,瘦小、友善、逼人发疯的艾格尼丝抬起了一只颤抖的手,就像,就像……他的艾格尼丝显得很害怕。她后退了一步,踽踽着眼看就要摔倒。约什上前一步伸出手,等她站稳后说:"够了,别再打扰那个好人了。"

"去湖里放你的屁吧。"阿尔尼对他说,拉着艾格尼丝的手走了。

· · ·

  约什冲出装有空调的食堂，冲出这个深受老年人喜爱的人肉冰箱，一头扎进了室外的热浪里，全身颤抖着冲向太阳。他在这座营地工作了七年，连续六年担任负责人助理，还从来没有像这样高声吼叫过，一次都没有。他不会冲老年人大喊大叫。

  他走向通往湖对面少年营地的小路，想呼吸呼吸新鲜空气，感受一下孩子们的活力，好让自己冷静下来。但他无法冷静——他不能让他们把这件事告诉别人。这太疯狂了。他不能让艾格尼丝和阿尔尼毒害整个营地。

  他们认为，多利·福克当时和他们在一起——在那些集中营里。他们相信，多利·福克是个杀人犯。艾格尼丝记得他曾驻守在铁栅之外，记得他是个纳粹集中营守卫，是另一个德米扬鲁克①。

  约什没想让他们把那一切都忘掉。但这个想法……多利·福克，纳粹。一名纳粹党人，躲在约克夏，伪装成一个患有蓝趾综合征、血钠浓度偏低、热爱桥牌的犹太人。这太疯狂了，根本无法让人接受。

  约什在少年营那里待了很久，直到状态恢复正常，只差一点就能彻底平静下来。就在这时，他迎面撞上了青少年体育训练营

---

① 臭名昭著的德国纳粹集中营守卫。

的负责人娄·莱博维克——尽管湖边有那么多空地。

"我们也有自己的问题,"娄说,"你好像只在哪个老家伙需要换身体部件的时候才过来嘛。这次也一样?需要新鲜的肾脏?还是新鲜放养、用洁净食品喂大、在霍拉斯·曼①上过学的心脏?跟你说,那堆心脏在小孩身体里跳得跟见鬼了似的,压力没炸掉他们的头还真是个奇迹。"

约什退后一步,上下打量着娄。他控制不了自己。他能在脑袋里听见艾格尼丝的声音:三十六岁的大男人,就靠每天把绳球解开谋生——这算什么生活?约什不由得对娄充满了同情。他挽起娄的胳膊,两人一起走到水边,直到球鞋都陷进了泥里。约什指点着湖对面的建筑,娄眯起眼睛努力张望。"那就是我的办公室,后面是我住的屋子,这两个地方你都知道怎么走。那儿的门一直都为你开着呢,娄,以后也一样。独木舟、船桨、崭新的安全棒球和球座——说真的,你怎么从来都没朝我要过东西?"

"我知道。"娄说,显得有些胆怯。

"所以你倒是说啊,需要什么?篮球?打气筒?有什么能帮上你的?"

"针,"娄说,"打气筒扎到篮球上的那根针。"

· · ·

约什办公室的门的确一直开着,不管对象是娄·莱博维克、

---

① 美国排名数一数二的高中。

艾格尼丝、那些波兰姑娘,还是其他有事找他的人。所以屋里的空调一直没开,开了也是浪费。老年人总是很难听清约什在说什么,他也就没用呼呼作响的电扇。结果就是办公室总是热得让人汗流浃背。约什很喜欢这一点,因为这样一来,那些来找他抱怨的人都待不久。

第二天早上,最先来的是布莱考尔夫妇、亚玛和大卫。他们大老远地从圣达菲赶来,就为了能玩上两周桥牌。这是他们第一次来这里。布莱考尔夫妇告诉约什,他们家的房子是用泥砖砌的。他们本来在新泽西的恩格尔伍德工作,退休后就住进了泥砖房,因为他们听过太多恐怖故事,深信住在木头房子里过于危险,很容易发生火灾。离开东海岸二十年后,这对夫妇发现他们已经无法再住在腐朽的木头小屋里,去餐厅时也受不了坐在离门很远的地方:要是真着了火,餐厅简直就是个完美的窑洞。他们两人都在脖子上戴了火警报警器,上面的挂带是在手工课上特地编织的。

"你们不能戴着那玩意到处走,"约什告诉他们,"这会引起恐慌,会让其他人也觉得这儿很危险。在这样封闭的环境里,这种想法会飞速蔓延,"约什说,"就像火焰。"听到这话,布莱考尔夫妇点点头,畏缩起来。"营地上的所有木头,"约什说,"不管是墙、地板还是码头——所有木头都是阻燃的。房间里都装了烟雾探测器,食堂里也有。如果地上有什么东西烧了,哪怕只是变热,我也会听见警报,消防队也会听见,在远……"

"在这山上?消防队?你知道他们离这儿有多远吗?"亚

玛问。

"有多远？"约什说。

"十二英里，"大卫告诉他，"十二英里长的蜿蜒道路，基本只有来回两条车道。救火队离这里就有这么远。"

"那好，你们自己决定吧，"约什对他们说，"你们可以戴着那东西，但不能在参加活动的时候戴，也不能让别人看见。如果有必要，我会派人给你们上门送饭，或者送牌。如果非要戴着报警器，你们就只能待在屋里玩金罗美牌。"

布莱考尔夫妇就此考虑了一会儿。在这段时间里，约什望着百尺开外，看见多利·福克正在疾速奔跑，大山般的魁梧身体朝这边径直狂奔。他用一只手捂着胸口，脸色通红，满身大汗，表情相当不安。他正冲着约什敞开的办公室直奔而来。

约什对布莱考尔夫妇说："这样吧，你们先回去。今天你们可以戴着报警器——但别测试，别让我听见警报声。今天你们可以穿件薄毛衣，把火警器藏在领子里。明天我们再商量。"

布莱考尔夫妇自以为得胜，走了。

约什从小冰箱里拿出一瓶水和一袋冰。他总是做好了防御灾难的准备。这是他升职的第一年，是个完美的夏天，他不想看见急救车和急救人员，不想看见有谁心脏衰竭，也不想看见希梅尔曼那样的人物色下一个猎物——他下了决心不让这些事发生，至少在他上班的时候不行。约什会把每一个营员都安全送回家，确保他们比刚来的时候更加健康快乐。

多利跑到了他的门口。

"他们冲我打招呼说'嗨'。"多利把这话重复了好几遍,听起来有些神智混乱。约什努力让大个子坐到椅子上,让他坐下来喝口水,冷静冷静。约什把冰袋扔到地上,没等对方问就把凉水浇在多利的额头上。

多利冷静下来,说:"谢谢。"然后他喘着粗气继续说了下去。"他们冲我打招呼说'嗨',我也对他们说'嗨',因为我以为他们是在跟我打招呼,还跟我招手……但他们不是在打招呼。他们说的是向纳粹致敬的'嗨尔',他们冲我说'嗨尔',对一个乌克兰犹太人,对我。还有挥手的动作,他们把胳膊抬起来,却不是……"

"是阿尔尼吗?"约什说,"阿尔尼和艾格尼丝?"

"他们叫什么?我不知道。"多利喘着气说,有些上气不接下气。他伸出一只手示意身高,比了个矮个出来,然后又比了个更矮的高度,差点就到了地板上。

"知道了。"约什说,又拿了瓶水出来,往自己身上倒了一些。他整个人都愤怒地烧了起来,足以惊动布莱考尔夫妇脖子上的报警器。"别担心,"他低声说,几乎带着保护者的温情,"交给我吧。我知道是谁干的。"

· · ·

约什正在失去对营地的控制。这是他当上负责人的第一年,夏天马上就要过去了,情况却逐渐开始失控。约什冲进了读书小组的活动现场。八个老年人坐成一圈，拿着大字体印刷的《悲惨世界》。上课的是一位退休的小学五年级教师，她在列克星敦度假，每周开着巧克力色雷克萨斯跑车来这里主持活动。今天她从头到脚都穿着香奈儿牌新款夏装。

"我不知道为什么这本书的法语名叫'Les Misérables'，'较少的悲惨'①。"她说，俯身面对周围的听众，仿佛在分享一个秘密，"你们读了就会知道，这本书里悲惨的事一点也不少，相反多得让人难以想象，'悲惨世界'恰如其分。"约什伸手指着艾格尼丝和阿尔尼，打断了她的话，像个校长似的说："你们两个，到我的办公室去。"

阿尔尼和艾格尼丝将双臂交叉在胸前，挑衅地看着他。

"我们不去！"艾格尼丝说，"你想干什么，就在这儿说。我们是一起的。"她示意周围这一圈老人，"那些秘密，我们知道，他们也知道——而且同意。"

"他们也同意？"约什问。

"他们同意。"阿尔尼说。

教师紧张地抬手拍了拍发胶定型的头发。"我们同意什么？"她说，和约什一样想维护自己的权威，"我们知道什么？"

"没什么，"约什对她说，勉强一笑，"你可以走了。这节课就此解散，这次活动到此为止。今天出了点紧急情况——违反纪律的事。"

---

① 她不会法语，以为法语中的复数定冠词"les"是英语里的"less"。

"我可是大老远从列克星敦开车过来的。我本来可以带两个儿子去游泳。我有课程计划，内容都安排好了。"

"那你就被解雇了，"约什说，"如果这样更容易解决问题的话。"

"解雇？"她说，"我是个志愿者。"

"那就是作为志愿者被开除了。这是紧急情况，我求你了。拜托，你赶紧走吧。"她离开了房间，看起来受到了严重冒犯。约什对剩下的人说："如果你们不赞成这种疯狂的行为，如果你们认为这种想法不正常，请现在去食堂。我请客，要吃什么都行，都算在我账上。"

其他人像艾格尼丝和阿尔尼那样端起了胳膊。

"你们真的想跟这两位一伙？"约什说，"他们有大麻烦了，我告诉你们，现在后悔都来不及了。"

其他人都点了头，表示接受。

"我们要一起沸腾。"阿尔尼说。

"你们要一起沸腾？"约什说，"真的？"他简直难以置信。"不，"他喊道，"不，你们不能沸腾。我不会让你们有沸腾的可能。这一切必须立刻停止。你们不许打扰那个人。他不是杀人犯，他也不是纳粹。你们都错了，你们所有人。"

"如果我们没错呢，"阿尔尼问，"如果艾格尼丝没错呢？"

约什望着艾格尼丝，在头脑里挑拣着要说的话，尽量表现得温和友善。"你认为自己没搞错，"他对她说，"但已经过了这么久，时间和记忆让你出了错。"

"那些人的脸，"艾格尼丝说，"时间也抹不掉它们。"

约什对她点头，表现得很同情，准备用"权威社会工作者"的口气说话，准备带着歉意谨慎地打消艾格尼丝的这个念头。但阿尔尼打断了他。

"不，"阿尔尼说，"别想把不尊重打扮成同情蒙混过关。我看得出来。"他说，挥舞着手指，"你以为我们在思考时听不见自己头脑发锈的嘎吱声，就像走路时会感觉到膝盖的扭曲？你以为我们不会，像弓箭手……"

"弓箭手？"约什说。

"对，射箭的人。弓箭手，一点没错。他们会随风向调整角度。我们也会，我们说的每一个字，说之前都会考虑考虑。我们知道自己老了，知道自己什么地方不行了，什么地方还好得很。有些人的脸见过就不能再装作没见过。就像湖对面那些尿床的小家伙，被拉比摸了小鸡鸡——他们每天早上醒过来，一睁眼就会看见希梅尔曼的脸。他们和我们一样。可怜的孩子们。"

"不对！"约什大喊，"谣言！别给我提希梅尔曼！"他喊着，这时已忘记了得体的措辞。

"你忘了希梅尔曼，"阿尔尼说，"你的那些上司决定要忘了希梅尔曼，整个营地的人最好都忘了他。可并不是说忘了他就是正义。这种行为无法伸张正义，负责人先生。对我们，对第八读书小组……"

"你们现在是'第八读书小组'了？"约什难以置信地问。

"要不是这个名字，"艾格尼丝说，"要不就是'悲惨小组'。

但这本小说，我们还没读完。"

"我们就叫这个名字，没错！"阿尔尼说，"我们的格言是：我们不会让多利·福克留在我们中间，在桥牌桌上，悠然度过他剩下的日子。"

"既然他有罪，你们去叫警察来啊，"约什说，"他们就在十二英里之外。"他借了布莱考尔夫妇的话。"转眼就能赶来。对他们说你们的格言去吧。"

"你以为我们没考虑过法律，负责人先生？我们做的第一件事就是叫警察，本地的那些乡巴佬。"

"然后呢？"

"他们不肯来。他们嘲笑我们，叫我们给国际刑警打电话，给女王的秘密警察打电话，叫我们去找詹姆斯·邦德。他们说，他们现在不抓纳粹了。他们说去年这儿有小孩打电话，给他们订了二十五份披萨。前年也是。打电话恶作剧，捉弄他们。他们说，每周末他们都得从城里把喝醉了的辅导员送回来，他们还不到喝酒的年龄，可是个个都醉得跟黄鼠狼似的。"

"所以说，瞧见了吧？"约什说，"他们可是专家，是法律的执行者。就算隔着电话，他们也听得出这个念头有多疯狂。他们入职时都发过誓，要认真对待这种报告，结果他们判断这根本不值得理会。所以告诉我，你们还想让我怎么办？我能做点什么，才能让你们感觉好一点？"

"审判。在营地上审判。让他的营友来当陪审团。如果最后他被判无罪，我们就不管他了。"

"如果宣判有罪呢？"约什微笑着说，对自己感到骄傲，"像这样的住宿营地又有什么惩罚措施？"

"你不明白吗？"艾格尼丝说，"如果他有罪，那他也是你的纳粹。"

约什思考了一会儿。一开始这让他有些反胃。如果那个人真的有罪怎么办？但他随即就生气地抛开了这个荒唐的念头。"但他无罪。他是无辜的。这儿也不会有什么审判。"

"那就太遗憾了，"阿尔尼说，语气里带着威胁，"无论如何，正义都必须得到伸张。"

· · ·

约什睁开眼睛，看见布莱考尔夫妇站在床边。亚玛和大卫都低头看着他。"外面，"他们说，"着火了。"

约什的头脑和身体不同程度地醒了过来。他拉上短裤的拉链，一把抢过门边正在充电的紧急对讲机，以前所未有的速度冲了出去。他在门廊上一跃而起，在空中冲布莱考尔夫妇吼了一句，问他们是哪儿起了火。"院子里，"他们说，"我们的屋子。"约什疾步跑了过去。

结果哪儿也没有真的起火。约什只发现了上百支用于悼念的纪念蜡烛，显然是从储物柜里偷来的。燃烧的蜡烛装在果酱罐里，外面套着远足时用来装午餐的纸袋。摆了一整晚的纸袋群在他面前展开，形成了一个巨大的犹太六角星。

约什过了片刻才有所反应。他的身体里还满是肾上腺素,大脑处于极度紧张的应激状态,过了一瞬间才明白眼前的场景是什么、是谁干的。约什回过神来:是阿尔尼和艾格尼丝。他们更改了符号的含义。这就是他们燃烧的十字架。

谢天谢地,其他老年人都没看出什么来。这时他们已经都走出了小屋,欣赏着这一切。他们以为这是有组织的娱乐节目,甚至已经打开了歌谱。少年营那边的孩子们穿着睡衣和没系好鞋带的球鞋,从湖对面沿小路走过来凑热闹。他们要为老年人唱歌跳舞,为戒律科目挣些分数,日后换取意大利冰糕和饮料。辅导员们也很兴奋,开始收集木柴烧起篝火。

约什在慌乱中寻找着多利,生怕他已经意识到这颗燃烧星星的含义。篝火燃了起来,真正由火焰产生的烟雾消散在充满松枝香气的晴朗空气中。约什在多利的小屋门外发现了他,大个子站在阴影里,表情表示他已经明白了。多利看起来很害怕,而且——约什很讨厌自己会这么想,就因为之前听到的那些话,但他的确觉得多利显得有些心虚。既心虚又害怕,仿佛被人抓住了把柄。约什终于承认自己快疯了。他四处奔跑寻找着读书小组的那帮流氓,暗自希望能跟前任负责人谈谈。他知道,希梅尔曼会在电话里叫他再说一遍。"民间反纳粹治安组织,"约什会如此重复,"私刑、嫁罪、老年复仇团。"

约什的脸上同时上演着悲剧和喜剧。他到处寻找艾格尼丝和阿尔尼,一会儿紧锁眉头,一会儿又迅速换成夸张灿烂的笑容。他对其他辅导员咧嘴微笑,拍着他们的后背,充分利用这个机会拉近人际关系——这很可能是今年夏天最成功的一场跨年龄层集体活动。然后他咬紧牙关,眯起眼睛,四处张望着寻觅猎物。

约什绕了一圈又一圈,连一个属于读书小组的人都找不到。他们的缺席简直像是对他的诅咒。最后他就守在篝火旁,赶走靠火焰太近的穿睡衣的小孩,怒火中烧地等待着。

艾格尼丝和阿尔尼选择在这个时刻现身。他们从黑暗里冒出来,走向约什,踏进篝火照出的光圈。

"是你们俩干的吗?"约什说,毫不掩饰自己的狂怒,"这是你们'悲惨八勇士'干的好事?"

"谁知道?"艾格尼丝说,"到了我们这岁数,谁还记得一分钟以前发生过什么?"

"她可是在说你的观点,毛小子。"阿尔尼说。

"我听得出来。"约什说。

阿尔尼似乎觉得很满意。"听起来怎么样?"

"对你们俩来说,世间万物都是笑话吗?这是政治迫害,是对他人的无故骚扰。这就是你们所谓的正义?让一个不知道这辈子经历过什么的老人躲在阴影里,怕得要死?"

"让他尝尝害怕的滋味,"艾格尼丝说,"还要让他尝尝更糟的感觉。"

"不,"约什说,"到此为止。"

"有行动,这一切才会结束,"阿尔尼说,"要么是你,要么是我。否则就没完。"

"你想让我采取行动?"约什说,"真的?那好吧。来啊……"

我这就行动。"

阿尔尼和艾格尼丝看着营地的负责人转头跑远，跑鞋的鞋带和孩子们一样没有系好。他快步奔进图书馆，过了一会儿又从门里冲了出来，抱着一堆满到快要掉下去的东西向他们跑来。

"再也没有什么电影日了。"他喊道，把怀里的书和录像带扔到艾格尼丝和阿尔尼脚下，然后一本一本、一盘一盘地扔进火里。"《霹雳钻》《巴西来的男孩》《秃鹰七十二小时》《暗杀十三招》，我告诉你们，"他高声大喊，"所有异想天开的纳粹电影，艾拉·莱文所有的作品，我全都给你们扔了，只留下《斗气老顽童》和《加州套房》。"

年轻人都被他的爆发惊到了，随即大笑起来。听到他们的笑声，约什才住了手。老人们的反应则完全相反：他们僵在原地，震惊地张大了嘴。

"怎么了？"约什质问道，"怎么了？"

没人回答。他们都转过头去，约什也随着回头望向图书馆。一位波兰姑娘跟在他后面出来了，正捡着他一路上掉下的书。她是位尽职尽责的好员工，板着脸把书一本本地从远处扔进了火堆。书本在火光中飞过半空，书页哗哗作响，四散张开，像一群燕子。约什望着那个姑娘，仿佛看到了自己的幻影。

艾格尼丝凑到约什耳边。"焚书。我们可没想到，有生之年还能再见到这种事。"

约什转身面对着她，声音高亢激昂，眼中泛起了泪水，目光重新望向篝火。"我烧掉的都是有煽动作用的作品。"

阿尔尼忍俊不禁，他是老年人里唯一还能笑出来的。"不是那些电影影响了我们的思想，"他说，"是我们的思想被拍进了那些电影。正是因为历史，人才会想出这么可怕的事情。"

· · ·

负责人在食堂里的位子就像船长在船上的指挥桌，能坐在那里吃饭是一种荣誉。希梅尔曼拉比总是请来很多人把整张桌子都坐满，不仅有这边的老人，还有湖对面的孩子。约什更喜欢独自进餐，这是他一天中唯一能得到安宁、可以独自思考的时间。他知道，在之前的整个夏天里，自己的独来独往相当惹人注目。作为补救，约什邀请了多利·福克，还有他的桥牌搭档雪莱·奈文斯。他邀请他们共进午餐，之后又共进晚餐。他这样做是为了显示自己的领导地位，为了拉近和营员们的感情。但他能感觉到那八位老人沉重的目光。他们八个现在总是坐在一起，阿尔尼和艾格尼丝也不来找他抱怨了。约什明白，他应该主动去找他们。情况已经脱离了他的掌控。

等大家吃完正餐开始吃甜点，约什去找他们了。这是老老少少注意力最涣散的时间。

"拜托，"约什用比耳语稍高些的声音对艾格尼丝、阿尔尼和小组的其他成员说，"后来活动不是进行得很顺利吗？没错吧？但你们昨晚的行为……"

"大成功！"阿尔尼说。

"对，我刚刚说的就是这一点，"约什嘟囔着表示同意，"但是你们的出发点……我不想真的叫警察来。"

"来抓谁，我们？"艾格尼丝说，"抓我们——为了他？去叫啊，"她说，"别客气。我去挖石头挖到死，没问题。"

"现在不用挖石头了，"阿尔尼说，"也不用考许可证了。现在他们戴着羊皮手套，考的是高中证书。"

"没人会蹲监狱，"约什说，"至少到现在还没有。我就是不想让事情走到那一步。"

"有人需要蹲监狱，"艾格尼丝说，"那个胖子需要。"

"我换个方式说吧。这么说吧：离今年的夏令营结束还有几个晚上？还剩下几天？"

"两个晚上。"八名老人之一回答。

"没错。就两个晚上了。咱们就不能坚持一下吗？我可以向你们保证，对你们发誓……"

"犹太人不发誓，"艾格尼丝说，"违反教规。"

"那就保证，我向你们保证。只要平安度过这两天，你们就再也不会见到他了。我不会让他再到这儿来，就算他提出申请，就算他寄来支票。"

"还不够，"艾格尼丝说，"盲目，忽视，这可不行。"

"那这样如何，"约什说，"我接受你们的某些看法，行吗？这样行得通吗？"

"接着说。"艾格尼丝说。她说这句话时，桌边的七个人都向后靠去，扬起眉毛、仰起脸来俯视着他，准备好听他的提案。

"如果我承认，"约什说，"你们说的有可能是真的呢……不，不是有可能……如果我承认你们是对的呢？也许那个人当时的确在场，是个守卫，在集中营里，看着你们。我们可不可以假设，他目睹了一些事——他是在场没错，但只是目睹而已——他什么都没做，就只是看着。而到了现在，隔了这么远，过了这么多年，也许，是不是和什么都没发生过一样了呢？"老年人们听着他的话，思考着，一起盯着他看。

回答他的是阿尔尼。

"谋杀就是谋杀，看着别人谋杀也是谋杀。隐藏谋杀的历史也是谋杀。把头转到一边和拿刀子划下去是一样的。如果多利当时在场，"阿尔尼说，"他就应该像艾希曼一样被绞死。"

"这不一样。"约什说。

阿尔尼摇了摇头。"在旁边看着却什么都不说，和实际杀人一样坏。"

"你真的这么想？"约什说，"就算一个人从没亲手伤害过任何人，他也是个杀人犯？"

"旁观者一样有罪，"艾格尼丝说，"有罪，他们所有人。"

...

当天晚上，约什睁开眼睛，又看见了布莱考尔夫妇，这次他们飘在他正上方的空中。是梦。约什无声地尖叫起来，嘴都咧得变了形。他狂乱地抓着被子，想蒙起头躲开空中的两人。他们的火警器不再是火警器，而是安在胸口的放大镜。约什以前曾读过一篇报道，里面有张很可怕的图：牛的四个胃上安了观察用的窗口，可以看清它们反刍的过程。这个梦里的装置也一样，只不过这个窗口安在了布莱考尔夫妇的胸膛上。在那两块镜片后面，在他们心脏本来所在的位置，约什看见了两颗规则搏动着的巨型金牙。他死盯着那两个形状可怖的人造物，它们显然是从别处偷来的，马马虎虎地连着没封好的心室，和血淋淋的心脏一样有规律地起伏跳动。他紧抓着被子大声呻吟，但被子就像石头一样纹丝不动。

约什在慌乱中醒来，不敢相信这只是个梦。他决定去营地上绕一圈，确保自己所负责的地盘静谧安全。约什打开小屋的门，看见两只浣熊正把垃圾翻得到处都是。这对蒙面小偷跳下门廊，摆动着肥胖的身躯从容地走开了。约什把登山灯戴到头上，跟在它们后面。之前可怕的梦境还没完全消散，他不禁觉得头上的这束灯光就是他自己的放大镜，可以看见大脑里的金牙。

老年人的地盘一片静谧，十分安宁。约什欣慰地松了口气，走上了通往湖对面的小路。这时他看见了他们：远处的水面上有好几个人影，四处移动着，扑打着水花。他关掉登山灯，仔细听着周围的寂静，然后借着月光向那里走去。

· · ·

那些人不顾营地的规定，明目张胆地在夜间游泳。这已经不是约什今年第一次发现有人这么干了。他们游在湖面远离道路的那一侧，靠近通往更深水域的拐弯处。约什一直走到他们能听见的地方，然后大喊起来："孩子们！出来！把衣服穿上。"他们四散游开了，打着水花，徒劳地想要逃跑。他看见其中有个人固执地不听他的指示——可能是游泳队的负责人。他仍然浮在水面上，丝毫没有逃跑的意思。"柴利丹！"约什喊道，"我要处罚你！扣你的工资！怎么能带这种头，教坏小孩！"他喊。柴利丹一头扎进了水里，只剩下旁边的一个人还在水面上冒着头。"没错，就那么待在水里吧！"约什喊，"你的支票也在湖里！"他不停地喊着，威胁着，咒骂着，一边继续向他们走去。他这样喊是为了让自己不觉得那么孤独，为了再拖延一点点时间，直到他不得不接受事实：将他从梦中惊醒的不是浣熊爪子在门廊上刨挖的嘎吱声，也不是梦里的金牙和血淋淋的画面。约什明白，让他半夜起床的是一种威胁感，他之前已经忽视这种感觉太久。将他引到湖边来的是多利·福克，正向湖底下沉的多利·福克。他所面对的是正在抛尸的八个老人。

之前有人漂浮的水面已经重归平静。湖面上唯一的涟漪来自阿尔尼，他本来只有眼睛以上的部分露在水面上，现在整个人都冒出头来，大口地吸着气。

其他人藏得并不隐蔽，簇拥在一小丛树木后面发着抖。约什必须开口不可。他说："你们怎么抬得动他？"直到问题出口，他才惊讶地意识到自己正在说话。

"他自己走过来的，"艾格尼丝说，"现在他走不了了。"

"自动运输。"阿尔尼说，一如既往地扮演着解释者的角色。

"哦，上帝啊，"约什说，"拜托了，快告诉我这只是梦境的一部分。请你弄醒我吧，艾格尼丝，"约什说，"从水里出来吧，阿尔尼。拍拍我的肩，用你那杀人犯僵硬的手把我拍醒。"他的语气很轻松，是在事态恶化之前对他们所使用的口气。

"我们弄不醒你，"艾格尼丝说，"是真的，这一切都是真的。"

"可是，谋杀？"

"把人关在一个地方就会这样，"阿尔尼说，"一向如此，从无例外。这是规矩。营地就是营地，负责人先生。在营地里，会有各种各样的正义。"

约什依次看着他们每个人的脸，他们每个人也都迎着他的目光。

"我们该怎么办？"他说，开始恐慌。

"你可以叫警察，如果你想的话，"阿尔尼说，"十二英里，你说过的。如果有人醒着，他们赶过来，也就十五分钟。拉着警铃，可能更快。"

"哦，上帝啊！"约什喊了出来，"哦，我的天哪，你们都干了些什么？"

"这个问题，"艾格尼丝说，"你已经知道了。"

阿尔尼走向浅滩，从水里冒了出来，显露出瘦小衰弱的身形。"我们做了什么已经不重要了，"他说，"问题是，你要怎么办？这才是重点。你来决定我们剩下的日子怎么结束，还有这次夏令营怎么结束。你来决定这个瞬间是否会被人记住。"

"但我没办法，"约什说，"你们已经做出了决定。"

"我们决定了一件事，你来决定剩下的。如果你想，你可以让这件事就这么过去。就像拉比，就像希梅尔曼，肮脏的猥亵犯，消失得不留一丝痕迹。你的那些领导默认了他的罪行？那就让他们也默认这件事吧——这是伸张正义，对罪人的报复。把这也写在你们的犯罪清单上吧。"

"就算我想这么做，"约什说，"就算这么做是对的……"

"单纯的小子，"艾格尼丝说，"天真的小子。"

"告诉他们吧，"阿尔尼说，"告诉警察、家人、整个世界。我们每天吃的药有上千颗。关于我们，把他们以为自己已经知道的事情告诉他们吧。老年痴呆，轻度中风，脑部斑块，日落综合征。他们会竖起指示牌，在森林里四处搜索。但他们都会明白，所有人都明白。健忘症有很多种。他们会相信，福克老先生得了其中一种。如果你帮我们让他好好地沉下去，把他困在水草里，只要过两三天，等孩子们都走了，他会重新浮上来。他会漂上来，一个穿着睡衣、糊里糊涂的老头，没人有其他想法。想想你能为我们做的好事吧，小约什。想想怎样做对这个营地最好。想想吧，是我们八个人都疯了，还是艾格尼丝是对的？这是你的选择，负责人。你每天晚上都带着罪行上床睡觉，今晚就再带上第二桩吧。"

"这算什么选择？"约什说，"你们对这个人都做了些什么？"

"这个人，是指谁？"艾格尼丝问，看起来真的很疑惑，"是对他？"她说，伸手指向湖面，"还是你？"

旁边传来一阵动静,所有人都感觉到了。有人。可能是辅导员,也可能是某个营员,正沿着小路爬上来。可能本来就有个警察在一旁看着,马上就会跳出来把约什和这些老人带走。约什打开头上的登山灯,把视线和灯光都投向传来动静的草丛。草丛一边是躲在树后、浑身湿透的老人们,另一边则是柔软的湖岸,阿尔尼站在岸上,双脚都陷在泥里。

有个老人叫了一声:"快看!"但约什已经凭借头上的灯光看见了。一队乌龟缓慢而稳健地爬着,先是一对成年大乌龟,然后是另外三只小的。它们爬过了老人们藏身的树丛。"就像大象,"阿尔尼说,"乌龟的记性很好。"

说完这话,阿尔尼向前走到草地上。其他老人也走过来,然后他站到约什身边,看着乌龟的队伍缓慢前行。他们并肩站在一起,这些杀人犯。他们注视着这些古老的生物,看着它们背着龟壳、带着只有漫长时间才能染上的颜色爬下湖岸,一只接一只地消失在平静无波的湖水里。

## 读 者

储藏室里堆满了装书的纸箱。他坐在其中一只箱子上,回忆起了当年。在这趟旅途中的每一个晚上,他都会想起以前。名叫陶德的男孩端着咖啡钻了进来。他比作者年轻多了,现在几乎所有人都比他年轻。

"是速溶的,"陶德说,把杯子递给了他,"希望你别介意。咖啡机——咖啡师——店已经关了。"

"速溶的就好。"作者说,喝了一口以示证明。

今天晚上,这是他停留的第六个或者第八个城市。和之前几天一样,作者开车转了很久,只找到一家空荡荡的书店。之前那几家往往连预订的书都没收到,上门来买的读者更是无从提起。

作者并非不知感恩。他之前的人生,作为一名作者的人生,已经远远超越了他的梦想。这么多年了,他一直受到非常慷慨的对待,广受赞扬和爱戴。但作者在这最后一本小说里投入了他所有的一切,不只是感情和进取心,而是实实在在所有的一切。他的全部时间、全部金钱,还有很大一部分生命。当然了,之前的每一本书都要求他如此付出,要求他摒弃杂念,放弃舒适的生活，低下头老老实实工作。但有些时光要比其他一些时光更加微妙；这一次，当他终于从纸堆里抬起头来，他发现自己已经老了。

作者转过身，发现陶德还站在门边，正观察着他深思的样子。男孩从口袋里摸出几小袋奶精，摊在手心伸到作者面前，仿佛面对着宠物乐园里的一只老山羊。

"不用了，谢谢你。"作者说，转回了身，"受不了，"他说，"我受不了乳糖——当然还有其他很多东西。"

...

上一次作者来这家书店开朗读会的时候，咖啡师还没回家，服务生都没回家，作者也没喝咖啡。书店的老板娘为他倒了杯威士忌，往外轰赶眼睛闪闪发亮的店员们。但他们还是一直兴奋地往储藏室里挤，告诉他："人太多了，都不知道该往哪儿坐。那么多读者，队伍一直排到了门外。"

今晚一个人都没来，陶德又最后去店里确认了一次。"再等五分钟吧。"他说，解下了胸口的名牌。然后他拿出手机，十指飞舞。

作者有些话想告诉男孩。他想说：十二年了。一本书写了十二年——是不是都赶上你人生的一半了，孩子？他想告诉陶德，一个人必须坚守自己的故事。说谎需要相当坚定的信念，而叙述真实所需的执着与之不相上下。

作者突然热情地表示，他愿意给店里的那些书签名。

"那就没法退货了，"陶德说，"发行商……他们觉得签名本……"说到这儿，陶德从手机屏幕上抬起了头。他并不想把这句话说完。

"相当于破损的货物。"作者替他补充。陶德点点头。然后他的双手拇指又舞动起来。

...

就算你没听说过作者的名字——或者听过但已经想不起来，就算他的名字（即便是在他自己看来）根本不值一提，那也无法抹掉已经发生过的那些事。

这无损于他写过的那些好书的价值，无法否定那曾被人买下、被人阅读的无数本书，受人热爱的那些书。也许曾经有一本签名本就在你身边，也许有一本落到了你的书架后面，或者你父母的书架后面，也许你爷爷奶奶曾有过那么一本——现在正在地下室发霉，任凭蠹虫将书脊咬穿。

在作者职业生涯中最巅峰时期，纽约公共图书馆的馆长曾在那座庄严建筑的门阶上迎接他。作为识礼之士，馆长站在雨中的两头睡狮中间一动不动，只为对前来朗读的作者表达尊敬。

他领作者参观了图书馆宽敞的展厅，坚持要让他看看这里丰富的馆藏。"这就是弗吉尼亚·伍尔夫留在岸上的那根拐杖。然后她走进了河里，"馆长说，"口袋里装满了石头。"他把这珍贵的藏品在作者手里放了片刻,然后领他走到以前曼哈顿蓄水池的正下方,往下走了一层又一层,走进拜伦特公园地下深深的书库里。在那里,馆长转动一只巨大的镍制转盘,周围的书架如巨浪般分向两边。馆长说:"这些都是十九世纪的畅销读物。写它们的人就是你的兄弟姐妹,是一百年前和你地位相仿的人!"作者凑过去细看,以为会见到那些他所喜爱的那个时期的作品。

"这是……"作者说。

"没错,没错,"馆长容光焕发地说,"那个时代的巨匠!"

作者又望向书架,书脊上印的名字都很陌生。《布卢明代尔街》《上山去,孩子们!》《崎岖的开普肖》,还有一本有个不幸的标题:《让船沉没,哟喂》。作者的目光在书架间跳来跳去,跳得越来越快,直到他的眼球差点开始在头颅里旋转。他努力控制住自己的恐慌。作者没听说过这里的任何一本书。

"人们的口味总在不断变化,"馆长说,"快得简直让人着迷,不觉得吗?"

作者默默地将这句评论埋了起来。他让它就那么躺在当初落下的地方,在公园深深的地底下。直到这么多年之后,当作者离开现在的这家书店,打算把陶德、储藏室和自己失败的事业都抛在身后,这些回忆才再度涌进他的脑海。

作者对男孩道了谢,又道了别。陶德不知道,这道别不仅是对他、对他的书店、对这个城市,还是对与这个行业有关的见鬼的一切。

最后这本书几乎全是作者站着打出来的。他一边忍受着后背的疼痛，一边用饱受关节炎之苦的粗肿手指在键盘上持续敲击。这就是他现在的写作方式。他的身体里已经没有了柔软的关节，只剩下骨头摩擦着骨头。

"按一下门闩，你出去以后门会自动关上的。"陶德在储藏室里喊道。作者听着他的话，走向前门，心想到头来也就是这么回事。男孩待在储藏室里忙着玩手机，完全不在乎也许会有人搬走这里丰富的文学宝藏，将书店洗劫一空。作者绕过店里空荡荡的五把一排的椅子。它们摆成了马蹄形的弧线，坐满后阵势就会显得相当壮观。作者低头望着地面，这样就不用看见旁边的"本店推荐"和"畅销榜"，不用看见"读者票选"，也不用看见打折的标签和用浮雕字体印出的古老奖项，那些获奖者都是他曾经认识的人。

听到那个声音的时候，作者的半边身体已经探出了店门。"作者。"那个声音喊，然后变得更尖锐、更严厉了。"作家，"那个声音说，"作家，你不是来开朗读会的吗？"

在空荡荡的书店里，在那些空荡荡的椅子上，坐着一个人。如果他不开口，谁也不会注意到他的存在。

他的个头非常瘦小，比作者还要小得多，而作者本来就不算壮实。他的岁数也要大得多，作者觉得他恐怕有一百一十岁了。他肤色苍白，看起来缺少维生素，脸上的皮肤松垮垮地堆在额头上。他嘴里塞着两排雪白的大牙，看起来像两条挡门板，假得显然每晚都要拿出来放在杯子里。他身上唯一还残留着活力的地方是头发，黑亮如刚上过蜡的皮鞋。作者简直无法从那头黑发上移开目光；头发和假牙完全不同，看起来如此真实，活力四射，而且没有染过。

如果作者之后还会提笔写作，他一定会描写那头黑发。他会写一个内向的老头，身体在衣服里蜷缩成一团，脸部皱得像融成一团的蜡，却长着这样一头睿智、健康的惊人黑发。

"你是来开朗读会的。"老头说。

"我是来开朗读会的。"作者说。

老头站在原地不动，样子充满期待。

作者假装没有读懂他的暗示，摆出不耐烦的样子。老头仍然沉默不语。作者绷不住了，毫不掩饰地露出一脸绝望，几近哽咽的声音里充满了整个晚上所遭受的痛苦。

"十二年了，"作者说，"不分白天黑夜——就是写。随时随地都在写。你不知道光初稿就用了多少支铅笔，"他说，"整箱整箱的铅笔。现在呢，你看啊，"作者说，"请你好好看看。"

老头和作者一起抬头打量这空荡荡的房间。

"今晚就到此为止吧，好吗？"作者说，"没错，职业生涯就到此为止，回家吧。"

老头拿出了一本作者的书。之前他整个人都融在了背景里，手里的书就更是几近隐形。那本书已经很破旧了——是好的那种破旧。它看上去和《圣经》一样被人翻得书页塌软。书是硬壳包装的，封面已经因反复阅读而卷起了角。

"我也出了一份钱。"老头说。

"一起喝杯酒吧，"作者说，"这样不是更好吗——也更亲密？你难道不想——一起吃顿饭如何？"

"我更希望你能朗读。这才是我来的目的。"

两人互相瞪视，研究着彼此的脸。作者摇摇头，听见自己开了口。"读篇短的吧。"他说，向这位老者投降了。

"读什么不该由我来决定，"老头说，"如果内容只有一个词，那你就读一个词。我们之间的约定是项社会约定。约定里说，如果我来，你就得读。"

"约定里是这么说的，是吧。"作者说，伸手扶着瘦小的老头走到第一排座位旁。他自己也挑了个位子坐下，往马蹄的中心转了下椅子，拿起书就要念。

"不对，"小老头说，"上台。"

"什么？"

"上台。"

"只有你我两个人。"作者说。

老头回望着他，面无表情。

"观众，"作者说，"只有你一个。"他竖起一根手指示意。

"尊严。身为伟大的作家。"

"我伟大吗？"

"伟大。你是个伟大的作家，无所不能的作家。不管来看你的观众是一个还是一百万个，你都要站到台上去。放声读，用力读。"

作者感到自己对老头的第一印象太轻率了。他不再觉得对方是个疯子——但同时他也羞于改变看法，因为他知道自己为什么会改变看法。

作者站到台上，打开书。对着台下唯一一个听众，他做了和面对一百万人时同样的自我介绍，说了和以前在大讲堂里朗诵时同样亲昵、真挚的开场白。他记得曾在西雅图度过那样一个夜晚，记得自己在上台时被采访车的电缆绊了一跤。那时候，有个戴着耳机的女人为作者掀开帷幕，然后拉住了他的胳膊。"记住抬头看着包厢，"她说，"你看不见观众，但他们就坐在那里。"

作者认真地读着，为这唯一的听众把心都掏了出来。他读得如此用力，声音在房间里隆隆作响。他沉浸在讲故事的感觉里，感受着句子的韵律在体内奔流而过。这让作者的眼里泛起了泪。他任凭泪水肆意流淌，字母在眼前模糊着舞动成一片，到最后他完全是靠记忆在背诵和翻页。

这样的状态不知道持续了多久。在这样的沉迷中，他没发现陶德也出来了，站在一边吃惊地来回望着作者和那位老头，身上发出奇怪的敲击声。作者认为，陶德这是想分散他的注意力，想给这孤独的一刻尽早画上休止符。否则他为什么要发出这样低沉的贝斯声？在作者看来，那声音就是陶德散发出的怒气。然后他醒悟过来，回到了自身所处的世界，意识到那阵脉搏般的鼓动来自一对如车轮盖般扣在陶德头上的耳机。

作者继续读了下去，声音更加洪亮了。

· · ·

作者在暗夜中开向下一个遥远的城市。他知道，刚才这场经历是一份恩赐。真的,在一位作者的生命里,还有比遇到一位真正的读者更宝贵的财富吗?即便只有一个晚上。

作者反复回想着这个夜晚,就像吮吸一颗又甜又黏的糖。他开车呼啸着冲过1-80高速路,紧抓着方向盘迎风疾行,脑海里除了这场会面什么都没想。仪表板上亮起了"检查引擎"的红灯,作者毫不在意。这只是真正的艺术家在生命中遇到的又一个挑战罢了。检查吧:引擎无误,作者无误。继续开吧。

这种感觉并没有持续太长时间。不到二十四小时之后,作者就为自己走了这么远的路感到羞愧而尴尬。他身边站着一位身材瘦削的女人,手臂上挂着好多个铜镯,仿佛随时要参与一场诡异的战争。作者不禁心想:在这间空荡无人的书店里,她要和谁战斗?有谁会觉得这地方值得攻占?

女人一边和作者说话,一边整理起一排作为店内卖点的袖珍书。"像你这样十年才出一本书的小说家,一定觉得很吃惊吧,"她说,"世界变得这么快。"

"是啊,是啊,"作者说,"十年出一本书,像蝉似的。在地下待了那么长时间,只知道活着。等你终于扒开土壤爬到地面上,世界已经不是你认识的那个样子了。"

女人挥了一下手表示这没什么,胳膊上的手镯来回摇晃,发出轻微的叮当响声。"再过十六周零三天,这地方就是家便利店了。"

作者不知道该说什么,就说:"肥皂。"然后指了下耳朵,"棉签。"他清了清嗓子,"有些东西总是供不应求。"

女人就此思考片刻。趁着这个机会，作者对她点头致谢，转身走向通往停车场的门。这时他听到了那个声音。"作者，"声音喊道，"作家。你要去哪儿？"

作者停住脚眨了眨眼，对背后的房间竖起耳朵。他站在门口，手里握着门把，仿佛刚听见了专门呼唤自己的鸟笛。

"作家，总是跑个没完。今晚不是朗读会嘛！"

作者还没回答，书店老板就开了口，声音足以将那个小老头吹倒在地。

"没有朗读会，"她说，"取消了。"

"取消了？为什么？"老头说，"怎么就取消了？"

她好笑地望着他。"没人来。"

"有人来了。"他说，但他指的不是自己。"作者来了。看那儿。看见没？他一直开着门，冷风都吹进来了。"

"不值当，"女人说，"没有冒犯的意思，但是朗读会的时间已经过了。"

"有，你冒犯到别人了。"老头说。然后他狂热地滔滔不绝起来，歌颂着对作者的赞美之词。作者并不觉得这是对自己的称赞。或者说，他认为这份好意并不是为了他。在他听来，这位老者所表达的是对书籍本身的热情，是作为读者被词句击中后的切身感受。同样身为读者，作者听得懂老头的意思。这唤起了他的记忆。

他想起了《我的鸽舍故事》。那是巴别尔的作品，他小时候听母亲讲过。母亲坐在他的小床边，用俄语给作者念了那个故事。那时的作者还能听懂故事的语言。看看现在：过了这么多年，他还能清晰地回想起那个故事，仿佛他就是里面的主人公。所有细节都和他第一次听到时一样生动，尽管俄语已经被他忘了个干净。

母亲讲完后，作者问她，这故事是不是为他而写的。他这么问并不是在比喻什么，也不是为了夸张；他是真心诚意地想知道。一个小男孩真挚的疑问：巴别尔先生是为了让他听到，才写了这个故事的吗？

他的母亲，她讲了个对小孩而言太伤感、太黑暗的故事。听到他的问题，她揉了揉他的头发，亲了下他的额头，说："当然了。这是为你一个人而写的，孩子。"小时候的作者惊奇而兴奋，开心得简直过了头。在世上某个地方，有位作家创造了一个故事，让它流传于世，只为让作者一个人听到。那是种可与友情相比的亲昵。

作者遥望着老头，看着他和戴手镯的女人交涉，用甜言蜜语来说服她。作者中了大奖，老头就是奖品。他是作者的疯狂追随者，也是他的听众——这位很老、很老的老头，长着皮鞋般黑亮的头发，眼镜上的镜片有钉子那么厚。他戴着那么厚的眼镜读书，而且还能自己开车。

书店的女人投降了，作者也没再反对。他被老头赶来参加第二场的执着深深感动。作者为老头读了书，读得把心都掏了出来。等朗诵结束，受到感染的女店主拿着书走上来，作者谦虚地签了名。那本书并不属于这家书店，而是她个人的收藏。作者特意为她写了致辞，然后把书交还到主人手里。女人将书揽在胸前，用戴满手镯的胳膊紧紧护住。

• • •

作者非常感激能有这位支持者来陪他。当他来到圣保罗的青年商会，发现那位忠诚的读者戴着圆顶小帽，坐在台下第一排的座位上，他就是这么对自己讲了这句话。

作者自己也戴了圆顶小帽。他很感激能有这么一个人来和他做伴，来为他打气，没有在艰难时期弃他而去。于是他把颂歌变成了祈祷，站在台上靠记忆朗诵着祷词，念出口就变成了诗。老头看起来非常开心，牙齿和头发闪闪发亮。他专心听着这场私人的祷告仪式，尽管作者的声音差点被外面的喧闹声淹没——临时墙板的另一侧正在举行篮球联盟的晚场比赛。等朗诵结束，老头掏出一张皱巴巴的纸，上面是手写的朗诵会日程安排。"很好，今晚过得很愉快，很棒。"老头无忧无虑地说，仔细研究着下一个日期。

但所有的礼物和祝福都有时间期限，超过一定限度就会变硬变质。在布鲁克林，老头跟随作者去了空荡荡的书匠小店，去了空荡荡的三世书店，还去了空荡荡的"政治与散文"书店。到了堪萨斯城，作者读到一半，有两名醉汉蹒跚着走过来，把免费的葡萄酒拿走喝了。作者猛然合上了书，结果唯一的听众叫了起来："作者，读下去啊！"

"读下去。"是啊,但是他还能读多久?作者是个凭借记忆和声望才能活下去的人。在阿拉莫萨一家阴暗的印第安风格书店里,他对一直紧跟而来的读者开了口。"这本书,"作者说,"它不是小说,它是块墓碑。干吗不直接把它插在土里,立在我头上?我的名字已经印在上面了。"

"你有这种想法本身就是错的,"他的读者说,"谁都不该死得这么早。"

"早?瞧瞧我这样子。我就是在窗口挂了太久的那只鸭子——已经不能吃了。你知道我和鸭子有什么不一样吗?"

"不知道,"读者说,"你和鸭子不一样的地方是……"

"鸭子至少还知道,"作者说,"自己该在什么时候死掉。"

老头盯着作者想了一会儿。

"我的父亲,"他说,"在九十七岁那年上吊自杀了。他再也受不了了。他留下的字条是这么说的。他不想再活下去了。"

"很抱歉让你说起这件事。"

"我真希望他事先能来找我谈谈,"老头说,"我会对他说:九十七岁?用不着这么大张旗鼓的,父亲。耐心一点儿。再坚持一会儿。"

. . .

请原谅作者这种铁了心的执着。请原谅他相信自己必须就这么在路上走下去,即便在下一个城市出席的仍然只有老头一人。

对于一位作家而言，坚韧不拔的毅力有时是最致命的弱点，有时也是最宝贵的力量源泉。在后视镜所能看见的无数汽车前灯里，作者从来都无法确定哪两盏属于他的读者，哪两盏才是为他导航的灯塔，是指引他前进的北极星。

两个人都抵达了丹佛的一家书店，这里的一半已经变成了大麻卖场。店主给一本广受欢迎的书掸着灰，说这是他的营销策略。这两样东西同样都是毒品，他只不过是以贩养吸罢了。充裕的金钱和富足的生活让他红光满面。等只有一位听众的朗读会结束，店主告诉作者，他可以拿走这里的任何一本书，就当是书店送他的礼物。

"巴别尔，"作者说，自己也吓了一跳，"他早期的作品。"长大之后，他就再也没读过那些故事了。

离开丹佛后，作者穿过落基山脉开向太平洋，读者紧随其后（车速一直保持在限速范围之内）。开到盐湖城后作者向右转弯，在雨里向北开了三天，来到了温哥华。他在这个繁荣的城市为读者开了朗读会，然后掉头开往下一家书店，沿着西海岸一路向南。这回天气一直晴朗，作者开车时一直把左手搭到窗外，结果整条胳膊都晒黑了。在西雅图北面的一家加油站，作者用身上最后一点钱给车加满了油。这下他穷得身无分文了。又开了几英里，他在一家教堂组织的路边小店停下，把刚得到的那本巴别尔以一元钱的价格卖了出去，然后看着看店的女人在书上标上"两元"，把它扔到旁边的箱子里。"那些故事，"他对她说，"和我记忆里的一模一样。"

最后他在西雅图停了车。他曾在这个城市享有盛名，如今却清楚地知道自己究竟有多穷困潦倒，不管是字面意义还是比喻意义。艾略特湾书店负责采购的书商是他的老朋友，请他来这里开朗读会完全是出于怜悯。这种接济的方式如此低调而保留情面，作者卑微得已经无所顾忌。他低着头走进书店对面的"来找我"慈善会，喝了碗免费的汤。这是他当天吃到的第一顿饭。

进了书店，作者对收银台打了鼻钉的店员报上名字。女孩面无表情地告诉他，朗读会在楼下。作者意志消沉地走向楼梯口，突然听到一阵聚会的喧哗。热闹的人声让他一下子激动起来，他能感觉到人群的能量透过地板传到他的脚上。作者努力控制着自己，才没有一步跨下两级台阶。

地下的确聚集着一群人，但他们是来书店的咖啡馆喝咖啡的。作者问咖啡师朗读会在哪儿，她抬手往里一指：咖啡馆再过去的一间小屋子。

人群的喧闹是怎样地迷惑了作者，又让他感到了怎样的雀跃啊。

书商终于来了。他在小房间里找到了作者，两人很快就恢复了以往的熟络。只要两个人彼此心存暖意，中间隔的那些年就都相当于没发生过。他们互相拥抱，书商说："你看起来很精神嘛，一点没变。"

不等房间的空荡破坏气氛，书商就直率地提起了这件事。"很抱歉会这样，"他说，"这是本好书。现在这种场面，这种没人的情况，不是因为你。是我们的问题。一整个季度客人都很少,销量很差。"

"没关系,"作者说,"对我来说,这个国家就是一片沙漠——这头是大海,那头也是闪闪发光的大海,中间全是空屋子。"能对老朋友说这话的感觉真好。这个人知道以前是什么样子,他曾在十几年前精心策划了作者的现场活动,亲眼见过他的书被一抢而空。但同时,这个人也婉转地承认了现在的状况。不像那位读者,不像紧随其后的那个影子,那种热情和信仰让作者几乎窒息。作者说:"不如这样吧?干脆连等都别等了。这样,老朋友叙叙旧,咱们去喝一杯吧。就咱俩?"

书商想了想,伸手揽住了作者的肩。"当然,我很乐意。"他说。他收回胳膊,向咖啡馆旁边的楼梯走去,作者渴望而急切地跟在后面。

他们爬上楼梯,作者听见了那个声音。他惊讶于自己隔着音乐和喧哗还能听见,但声音就在那里,从咖啡馆人群的深处一直传到他的耳边。"作者!作家!该开始了,"他听见那个声音说,"作家,喂,你要去哪儿?"

书商也隐约听见了——他抓着楼梯扶手回过身。但作者不肯屈服。他继续向上爬,催促着书商。老头年纪大了走不快,不可能跨过这么多台阶赶上来。他在底下用全身的力气大吼起来。"嘿,作家!"他叫道,然后又喊,"嘿,书店的人!有顾客在这儿等着!作家必须朗读!"

这回书商听清了。"你听啊?"他说,"你的读者在呼唤。"不用他再说什么,作者垂头丧气地转过身,下了楼。

...

朗读会开始了,咖啡馆的客人一个都没来。他们继续聊着天,音乐仍然放得震天响。书商费了好大劲才说服咖啡师调小音量,引来顾客们的一阵嘘声——作者也听见了。

老头坐在三排座位的最前排。房间十分狭小,但前面仍然有个胶合板搭成的舞台,宽高都差不多一英尺。台上摆着张斜面讲桌,作者应该站到那里去朗读。

作者脸上的表情一目了然。书商等着他打起精神,但作者的绝望明显不会在短时间内消失。然后绝望逐渐变成了愤怒,矛头却令人费解地指向那位瘦弱的小老头。

"伙计,"书商一边说,一边想方设法地把作者往台上推,"你就给他念上五分钟,完了咱们就去喝酒,好吗?"他下意识地揉着作者的肩,拍着他的背,就像教练在哄拳击手上场。

"没错,就五分钟,"老头说,"好了,上去吧!到台上去。到时间了。"

这话让作者爆发了。

"跟踪狂!"作者吼道。

"是顾客!"

"你知道这有多疯狂吗?"作者说。

"你知道这有多疯狂吗——你现在这样?"

作者沉默地站着,全身都在发抖。老头转向书商,显然以为他跟作者一伙。

"请你告诉我,为什么艺术家只要能靠一点点希望活下去,就会被视为浪漫主义者?读者凭什么不行?为什么我的投入和付出就不算数?我来了,"老头说,"他就得读!"

作者回喊起来,仿佛这世上只剩下他们两个人。"我不会读的。恶魔!邪恶的、可怕的老家伙。"

老头大笑起来。他对书商说:"他会读的,你等着瞧。"然后又转向作者,语气固执而严厉:"你来告诉这个书商,给他解释清楚。告诉他,现在处于生死关头的到底是什么,是你和我心里的什么。"

作者不想哭。他能感觉到自己的眼睛湿了,于是仰起头,暗自祈祷泪水不会掉下来。

"说啊?说啊?"老头说,一只手拢在耳边。

作者说:"听起来,不会很好听的,真正说出来的话。"

"告诉他啊!"老头喊道,伸手指着书商,"告诉他,为什么像你这样的人会做你做的这些事。"

"我之所以写作,"作者说,整张脸都皱成一团,"是为了能打动别人,就像其他书籍打动我那样。"他的脸开始逐渐松弛下来,"如果我写得还行,在这儿就不应该只有你们两个人。我失败了,我承认。你,"他对老头说,"你也得承认。"

"自伤自怜,选美皇后变老后的悲叹。不行,"读者说,"这是为一个时代而写的书,我绝不承认它的失败。"

两人站着互相瞪视,作者开始放声大哭。他们都沉浸在这广衰而激烈的一刻里，没注意到隔壁的手机铃声都消了音，咖啡机不再刺耳地轰鸣，人们的谈笑声也消失了。咖啡店的所有人都被他们的叫嚷吸引了注意力，现在有一大群人围在小房间的门口，看着他们争吵。

接下来开口的是收银台后面的那个女人。她打了鼻钉，身上画着刺青，头发染成蓝色。"来啊，读吧。"她说，随即得到了其他人的赞同。"上台去。"有人叫道。然后又是一声呐喊："嘿，老头，把欠另外那个老头的东西给他啊。"台下坐好了数量可观的听众。作者在号哭和抽噎中上气不接下气地拿起书，抬起关节僵硬的膝盖上了台。今晚他有一群听众。

"哦，不！"老头喊道，"这样不行。"他走到门后，伸出一只脚卡住门使劲推，想把没有及时撤退的起哄观众都关在门外。"出去！"他喊，"出去，出去，赶时髦的年轻人！"

老头腾出一只手，指向台上的作者。他全身都藏在门后，咖啡馆的人群在门外只能看见他举起的那只手。"这个人是传奇！不是俄国马戏团里受过训练的猫，"他喊道，"你们要听也得有正当的理由。他可不是骑在狗身上耍把戏的猴子。"当老头说起"俄国"的时候，在台上望着这一切的作者心想："俄国。"然后他想起了那个关于鸽舍的故事，看见巴别尔笔下那对血淋淋的鸽子倒在自己脚下。

老头继续顽强地推着，直到把门完全关好。在这场混乱之中，他那漆黑的头发不知怎么飘向了错误的方向，发线的位置整个反了。那头奇迹般的黑发，那头作者相信不受时间浸染的头发，移位后露出了底下的部分，露出了和表层截然不同的病怏怏的稻草黄。一路追寻作者的读者终于显出了他的真实年纪。他自己也感觉到了，飞快地伸手把头发拨回了原来的位置。他的手看起来比作者的还老，整双手都颤抖不止。

"就我和他，"老头伸手拉着书商对作者说，"就为我们俩读不好吗？我们知道，我们明白。"

作者随手翻开了一页——完全是象征性的。他已经准备好了要凭借记忆背诵，为这位冷酷无情的追随者而读。他要朗读老头最喜欢的部分。作者开了口，声音低得听不清，夹杂着哑了嗓子的抽噎和哭泣。

他刚念了两句话就停下来，抬起手示意这只是暂停，然后从裤子后面的口袋里掏出一本又小又软的笔记本，装订的钢圈已经不见了。这是作者一直偷偷用来做笔记的本子，他知道这样很蠢，但又停不下来。在这个本子里，他会书写下一本书的草稿，尽管没有人会期待，也没有人会读到。他取下捆住纸页的橡皮筋，心里明白就算自己咬牙写出下一本书，眼前的这位读者也不可能来得及读到它。

"这是我最近在写的东西。"作者说。老头充满敬意地点了点头。一直在旁边看着这一切的书商也点点头，在老头旁边坐了下来。

作者曾在更宏伟的地方、对着更重要的观众朗读过。当时他背负着全世界的压力，却仍能泰然自若地让活动完满结束。现在他用袖子抹了抹鼻涕，深吸一口气，低头将脸埋到小本子上，开始全心全力地朗读。

　　作者为西雅图而朗读,这一直是偏爱他的城市。他为书商而朗读,这位老朋友从未对他失去过信心。作者再一次为了追随他的老头而朗读。他对老读者露出微笑,透过泪水继续读了下去。作者读了下去。作者继续读了下去。

# 送给年轻寡妇的免费水果

当埃及总统加麦尔·阿卜杜勒·纳赛尔占领了苏伊士运河、威胁到西方世界在这条重要水路上的通航时，愤怒的法国重新选择了盟友，与英国和以色列联合起来对付埃及。这件事怎样都无所谓，重要的是在一九五六年的西奈战争中，有一支以色列军队和一支埃及军队恰好穿上了产自法国的相同军装。

双方开战后不久，在位于西奈沙漠的加夫加法东部，一个排的以色列士兵来到一个已被埃及军队攻占的营地休息。二等兵西密·基色（原名西蒙·比伯布莱特，来自波兰华沙）在临时搭建的简易食堂里坐下来吃午饭。四个持枪的突击队员坐到了他身边。他嘟囔着打了声招呼，他们也嘟囔了一声。西密开始吃饭。

与西密同组的一个战友也来了。坦德勒教授（那时他还只是二等兵坦德勒，还没当上教授，连张高中毕业证书都没有）把手里的锡杯放到桌沿上，小心地不让茶水溅出来。然后他端起枪，连续射中了四个突击队员的脑袋。

他们悄无声息地倒了下去。第一个和第二个人本来面对着坦德勒教授,都向后仰天倒在沙子里。背对教授的另外两个人张大嘴吃惊地看着地上的队友,然后就被打得向前趴倒,头骨撞上桌面的声音不知怎么比枪声还响。

震惊于四名队友的死亡,西密·基色扑向了自己的朋友。坦德勒教授比西密魁梧得多,后者的袭击并不具威胁性,顶多只是让他吃了一惊。坦德勒抓住西密的双手,冲他用希伯来语吼:"埃及人!埃及人!"几千年前,在同一片沙漠里,也有人用同样的语言谈起过同样种族的人。如果那些古老的故事是真的,古今最大的差别就在于,上帝不再亲自参战了。

坦德勒教授动作迅速地紧紧抱住了西密。"埃及突击队员——你搞混了,"坦德勒说,换成了意第绪语,"他们是敌人。和你一起吃午饭的是敌人。"

西密听着他的话,逐渐冷静下来。

坦德勒以为事情过去了,就放开了西密。他一松手,西密就狂乱地出了拳,在他身上打个不停。谁管那四个士兵是什么人?他们是人,是有血有肉的人类,只不过吃午饭时坐到了错误的桌子上。他们并不想死,现在却都变成了死人。

"你可以把他们都抓起来!"西密大吼,"不许动!"他用德语高声大叫,"这就够了——不许动!"他流着泪,挥着拳头,"你用不着开枪。"

坦德勒教授受够了。他开始殴打西密·基色。不只是自我防卫,也不只是为了让朋友安静。他把西密绊倒在地,跨坐在他身上狠狠揍了他了一顿,直到西密整个人都陷进了沙子里。他持续殴打着自己的朋友,直到后者已经不行了,然后又继续殴打了一会儿。最后他从西密身上爬起来,抬头看了看火辣辣的太阳,走过从埃及人没命那一刻起就在周围聚集起来的人群,去旁边抽烟了。

远处一些士兵听到枪声跑过来,赶到时在沙子里发现了五具身体。他们达成了共识:在所有被害者里,西密·基色被痛殴的样子是最惨的。

• • •

后来西密·基色在耶路撒冷的马哈耐·耶胡达市场开了个蔬菜水果店。他的儿子小艾加总会问起坦德勒教授的故事,一遍又一遍。从六岁起,凡是不用去学校的时候,艾加就跟随父亲看店,负责摆放香烟。在那个年纪,他只知道这个故事的简化版:在一场战争中,坦德勒做了某件事让父亲不开心,父亲扑了过去,被坦德勒(父亲一直很坦率地承认)狠揍了一顿。艾加不明白,为什么父亲现在还对教授这么好。他学习着各种做生意的规矩,却怎么也弄不懂,为什么父亲不许他拿坦德勒一个子儿。教授的蔬菜全部免费。

等艾加称好西红柿和黄瓜,父亲会拿起纸袋,主动塞进一只肥美的茄子,一起递给坦德勒教授。

"来,"父亲总是说,"拿好。替我向你太太问好。"

· · ·

等长到九岁、十岁、十一岁，艾加逐渐了解了故事的其他细节。他听说了突击队员和制服的事，知道了各国航线和苏伊士运河的关系，了解了美国、英国和法国的立场。他知道了那些人是头部中的枪，还听父亲讲了他参加过的所有战斗——一九七三①，一九六七②，一九五六③，一九四八④。但西密·基色仍然绝口不提他第一次被迫卷入的战争，从一九三九年打到一九四五年的那一场。

父亲向艾加解释了战争中模糊不清的道德观念，解释人们必须在一瞬间做出决定，威胁和反击之间的平衡，还有所谓的百分比和绝对值。西密尽可能让儿子明白：以色列人夹在国界模糊的领土和没有正式签署的宪法之间，处于一片名叫真实生活的灰色地带。

他解释道：在这片灰色地带上，就连绝对的东西往往也有多种可能，反映出不同的真实。"你也一样，"他对儿子说，"也许哪天，你就会面临和坦德勒教授当年相同的抉择——但愿你永远不会遇到那种情况。"他指向街对面血淋淋的鱼铺，指向一条正

---

① 赎罪日战争。
② 第三次中东战争。
③ 西奈战争。
④ 阿以战争。

在木槌下蹦跳挣扎的鱼。"上帝保佑你不用背负着自己选择的后果过一辈子，无法后悔，无法回头，头脑里永远不得安宁，在对与错之间翻来覆去，反转往复。"

但艾加暂时还理解不了父亲在濒死的鱼身上看见了什么。在他看来，唯一重要的只有木槌砸下来的那一瞬间。

・・・

艾加并不喜欢灰色。他是个长着兔牙的小男孩，总是深思熟虑，界限分明。每个星期五，当坦德勒来买东西的时候，艾加都会好好包起给他的货物，然后再在脑中把那个故事过一遍，探寻着其中的黑与白。

这个人也许救了父亲的命，也许没有。他做了必须做的事，但也许他完全可以采取另一种方式。就算学校的简单规则也适用于成人世界——以牙还牙、以眼还眼，但教授对父亲那样激烈暴打太过分了吧？西密在讲故事的时候会拉过艾加的手，让他摸自己的左脸颊，告诉他当时断的是哪截骨头。

父亲总是这么告诉他："如果你要做出较为仁慈的选择——如果这种选择是可能的话，那你就会让朋友陷入危险，让家人和你自己也都陷入危险。你必须做好死亡的觉悟——才能救得了敌人的命。"就算他不这么说，就算坦德勒教授所采取的暴力手段是种正义，艾加所无法理解的也不是为什么父亲会原谅教授，而是为什么他对教授如此友善。

197

为了迎接坦德勒教授，西密会叫艾加跑到阿古利巴街上去买两杯咖啡或两杯茶，路上再从艾森伯格的小车上抓来满满一把开心果。只有对待他最好的老朋友，父亲才会这么慷慨。

一般情况下，只有军队遗孀才能免费拿东西。父亲会以无声的恭敬态度给她们装好新鲜水果和大包蔬菜，不让她们感到一点尴尬，不管她们的丈夫已经死了多少年。他总是很照顾那些年轻的寡妇。如果她们反对，他就会说："你做出了牺牲，我也做出牺牲。说到底，一袋苹果值几个钱？"

"这都是为了一个统一的国家。"父亲会说。

但到了坦德勒教授身上，他从来都说不出这么清晰明了的解释。

・・・

等艾加到了十二岁，父亲对他承认，坦德勒的故事很复杂。

"你想知道我为什么会关心一个揍过我的人？因为每个故事都有前因后果。生活里总有前因后果。"

"就这么简单？"艾加问。

"就这么简单。"

・・・

等到十三岁，艾加听到了一个不同的故事。因为他十三岁了，已经是个大人。

"你知道，当时我参军了。"西密对儿子说。听他的口气，艾加知道他讲的不是一九四八或一九五六，也不是一九六七或一九七三。他讲的不是那些犹太人的战争，那些他亲身打过的战争。他指的是规模庞大的那一场。在那场战争中，西密的家人全都去世了，艾加的母亲也一样。所以他们换了个姓，西密解释。整个世上，姓基色的人只有三个人。

"是啊，"艾加说，"我知道。"

"坦德勒教授也参军了。"西密说。

"嗯。"艾加说。

"那对他来说很困难，"西密说，"这就是为什么，为什么我这么照顾他。"

艾加想了一会儿，开了口。

"但你也在啊。你和他的经历都差不多。你可没有打死过四个人，就算他们是敌人。你觉得可以把他们抓起来，可以不用白白浪费他们的性命。就算你处于危险之中，你也会冒着……"父亲微笑起来，打断了他。

"首先，"他说，"经历差不多并不等于相同的人生。我们不一样。"西密的表情严肃起来，轻松的语调也消失了。"在第一场战争里，在那场大战里，我是幸运的那一个，"他说，"我躲过大屠杀，我活了下来。"

"但他也一样啊，"艾加说，"他也活了下来，和你一样。"

"不，"父亲说，"他进过集中营。他一直走着路，一直呼吸着，很快就能逃出欧洲了。但他们杀死了他。虽然战争已经结束了，还是不断有新的牺牲者出现。他们把他心里剩下的那部分也杀死了。"

这一天坦德勒教授不在，西密的贫民区朋友没来找他用意第绪语聊天，当年预备队的队友没来找他叙旧，就连批发蔬菜水果的合作社区成员也没出现。有史以来第一次，即使没有客人，父亲还是让艾加去阿古利巴街上买两杯茶。一杯给艾加，一杯给他。

"快点。"西密说，挥手拍了下艾加的背。但艾加还没迈出第一步，父亲就又抓住他的领子，打开收款机，递给他一张崭新的十谢克尔纸钞。"再去艾森伯格那儿买一大袋坚果，跟他说不用找了。你和我，咱俩会坐很久。"

西密从收银台后面搬出了第二把折叠椅。这也是父子二人第一次同时在店内坐下来。这是做生意的另一条规矩：顾客见到你时，你必须是站着的。你必须随时有活要干——扫地，堆货，把每个苹果擦得锃亮。要让顾客见到一家满怀尊严的商店。

...

这就是为什么坦德勒教授能免费拿到西红柿，为什么西密一见到他，就会像见到老朋友那样露出友善柔和的目光——艾加称之为"给年轻寡妇送免费水果"的目光。当西密觉得儿子已经长大成人，他就给艾加讲了这个故事：

当坦德勒教授所在的集中营得到解放,他最先看见的是两个魁梧的美国硬汉昏死在地。在昏过去之前,那两个人(他们应该是经过战争锤炼的老兵)浑身僵硬、目瞪口呆地面对着种族大清洗那让人无法想象的残酷成果:一座由腐烂尸体堆成的大山。

就在这座美军进驻之前就已经准备烧掉的尸体山里,骨瘦如柴的坦德勒回瞪着他们。坦德勒教授盯着他们,思考着。一旦确定这些士兵不是纳粹,他就从尸体之间的藏身处里爬出来,把挡路的胳膊和腿都推到一边。

就是这座尸体山保护坦德勒度过了一天又一天。负责抛尸的德国特遣队员知道他在里面,负责将尸体用推车运到焚烧炉去的那些人也知道。他们从可怜的口粮里省下一些残渣,带来让他保住性命。他们本身也是囚犯,这样做一旦被人发现就是死刑,但这能让他们在每天残忍的工作中保存一丝人性。西密想让儿子明白,就算是这种淡影般薄弱的善意也能让死人坚持活下去。

当坦德勒终于站起来挺直了身体,当那具名为坦德勒的十三岁尸体——"就是你现在这么大"——爬出了那个噩梦,他仰头望着那两位美国大兵。他们也回望着他,然后"咚"的一声双双晕倒在地。

坦德勒教授已经见识过太多东西,两个士兵晕倒对他而言不值一提。他继续走了下去,走出集中营的大门,一直走到他吃上了饭、穿上了衣服,一直走到他穿上了鞋、披上了大衣。他一直走啊走啊,直到口袋里装上了一小块面包和一只土豆——不仅吃饱,还有了盈余。

然后他兜里有了支香烟，又有了第二支，有了枚硬币，又有了第二枚。坦德勒就这么活了下去，不停地走过一个又一个边界，直到他站得笔直、长得相当高大。最后他回到了自己小时候所住的城镇，身上穿着成套的衣服，口袋里有几张钞票，腰带里别着一支六发左轮，里面装了五颗子弹，用来在路边露宿的时候保护自己。

坦德勒教授并不期待任何惊喜，也不期待和任何人团聚。他的母亲、父亲、三个姐妹、爷爷奶奶都在他面前被人杀死了。进了集中营几个月后，另外两个同乡的男孩也死了。

但这是他的家，是他一直在心里抓住不放的念想。他家的房子说不定还在，还有他的床。也许他们的奶牛还在产奶，山羊还在啃垃圾，他的狗也和以前一样，对着小鸡狂吠。也许他的另外那些亲人——给他哺乳的奶妈（在奶水变得稀薄之前），帮他们耕田的奶妈的丈夫，他们的大儿子（和他一样大）和二儿子（比他小两岁），他们是和他像亲兄弟般一起嬉闹过的伙伴——也许那些亲人还在，在家里等着他回来。

坦德勒打算在那座房子里重新组建家庭。他要生很多孩子，用死去亲人的名字为他们命名。

故乡和他离开时一模一样。那些街道曾是属于他的街道，广场里的菩提树长高了，但都还耸立在原地。坦德勒转过最后一个拐角，走上通往家门的土路，极力控制着自己才没飞奔起来。他挣扎着让自己别哭，因为经历过之前那一切之后，他明白：要在这个世上存活下去，他就必须表现得像个男人。

于是坦德勒系好了外套的扣子，无声地走到篱墙边，希望能有顶帽子可以让他在进门的时候摘下来——就像一个人回家时应该做的那样。

然后他看见她站在院子里——阿努什卡，他的奶妈，家里的女佣——他的眼泪还是掉下来了。坦德勒向她奔了过去，途中扯掉了一颗珍贵的扣子。他扑进她的怀里，自从坐上火车被运走之后第一次掉了眼泪。

阿努什卡和丈夫并肩站着。她对坦德勒说："欢迎回家，儿子。""欢迎回家，孩子。""我们一直都在祈祷。""我们点了蜡烛。""我们一直在做梦，梦见你回来。"

然后他们问他："你的父母也回来了吗？你的姐妹们，你的爷爷奶奶，他们应该也快了吧？"然后他们一家一家地问起了以前的那些邻居。坦德勒挨个回答了，不是通过比喻，也不是通过暗示。如果他知道某人的结局，就会直白地说出来：被人打死了，饿死了，被人开枪射死了，被人砍成了两半，整个头都砸扁了。他回答了所有问题，不带任何感情，只是陈述了一个又一个事实。回答完这些问题时，他还没有踏进房子的前门。

坦德勒望向敞开的房门，决定和这些人亲如一家地住在一起，直到他组建起自己的家庭。他要在这座房子里变老。现在他自由了，可以继续自由下去，但他选择把自己重新锁起来。不过那是属于他的门、他的锁、他的世界。

一只手搭到他肩上，让他从遐想中回过神来。阿努什卡在说话，脸上挂着微笑。"得把你养胖才行，"她说，"回家的第一顿饭，一定要吃得丰盛些。"她抓起脚边的一只鸡，就那么当场拧断了它的脖子。"进来吧，"她说，手里的动物还在抽搐，"这个家的主人回来了。"

"家里和你离开时一模一样，"她说，"只是多了点我们的东西。"

坦德勒踏进了家门。

里面和他的记忆完全相同——那张桌子，那几把椅子——只是所有私人物品都不见了。

阿努什卡的两个儿子也回来了，坦德勒意识到过去的时光已经一去不复返。这两个男孩一直住在家里，从没挨过饿、受过寒，受到父母宠爱。他们现在的个头已经是坦德勒的两倍。他的心头涌上一种在集中营从来没经历过的感情，一种以前从没用到过的、在文明社会中才会产生的感情。坦德勒觉得很难为情。他脸红起来，紧紧咬住牙关，感觉到牙龈在出血。

"你得明白，"西密告诉艾加，"那两个男孩，他的两个男孩，他们的个头有他两倍大，彼此也已经很陌生了。"

男孩们在母亲的催促下和坦德勒握了手。他们已经不认识他了。

· · ·

"这是个好故事，"艾加说，"很伤感，但也很快乐。他回家了，也找到了亲人。你一直都说，活下去才是最重要的。活下去才能从头开始。"

父亲拿起一粒瓜子，思考了一会儿，用门牙将瓜子嗑开。

"他们所有人都去给坦德勒教授做晚饭了，"他说，"教授像小时候那样盘腿坐在厨房的地上，看着他们。他很开心地看着，喝了一杯山羊奶，刚挤出来的，还温着。然后那位父亲就去杀羊了。'晚饭得好好吃一顿，'他说，'光是一只鸡可不够。'坦德勒教授已经好多年没吃过肉了，他抬头看着那个男人。那位父亲用指甲划着菜刀，说：'我还记得该怎么按教规净化。'"

坦德勒开心得简直难以承受，又开心又悲伤。喝了那杯温热的羊奶，怀着这样温暖的感觉，他想撒尿了。但他不想离开奶妈，也不想离开她抱在肩上的小女孩。小女孩只有一岁半，头发上有个卷，胖乎乎的，相当爱笑。她的脚踝很胖，手腕也很胖。

坦德勒教授忍到不能再忍，在最后一刻冲了出去。他冲出温暖的厨房，冲出了属于他的屋檐。之前的经历让坦德勒教授差点变成野兽。他没去偏房的厕所，他根本没想起来有这回事。他就站在厨房的窗外，闻着厨房的香气，不肯走远。然后他就撒了一泡尿。在撒尿的水流声中，他听见奶妈悲叹起来。

他知道，她肯定是在悲叹——坦德勒家族的覆灭。

他竖起耳朵听着她的话，一直听着。

"他会夺走一切，"她说，"他会夺走我们的一切——我们的房子，我们的田地。他会把我们建造和保护的一切都抢走，这儿的一切，这么久以来一直属于我们的一切。"

坦德勒教授站在窗外，一边撒尿一边听她说话。然后他的意识就"游离了",拿他自己的话说(虽然他那时还没听说过这个词)。他知道的只是,他的意识飘在空中向下俯瞰,在失望的同时也旁观着失望的自己。然后他非常强烈、非常恐慌地意识到,在之前这么多年里,他的心里一直毫无感觉。当父母在他面前被杀的时候,他毫无感觉;在集中营里,他毫无感觉;从被人赶出家门到再次回到家里,这之间的过程他都完全没有感觉。

在那一刻,坦德勒感到一阵极其强烈的愧疚,比他有过的所有感情都更尖锐。

对着早熟的儿子,西密说:"没错,没错,那当然是为了活下去——那是坦德勒求生的方式。他其实当然一直都有感觉。"但这里不一样:坦德勒,那个曾跨过母亲尸体继续前行的男孩,他对这几个农民敞开了心扉。

后来坦德勒教授告诉西密,他就是在那一刻成为了哲学家。

"他会偷走一切,"阿努什卡说,"一切。他会要了我们的命。"

她的一个儿子,坦德勒视为兄弟的那个男孩,回答说:"不。"另一个亲如兄弟的男孩也说:"不。"

"我们一起吃饭,"阿努什卡说,"我们好好庆祝。等他睡着了,我们就杀了他。"她对一个儿子说:"去,叫你父亲把刀磨快。"然后她又对另一个儿子说:"你早点睡觉,早点起床,在抓住奶牛乳头之前就去把他的喉咙划开。这一切都是我们的。我们的,不能被别人抢走。"

坦德勒跑了起来。不是跑到街上,而是跑向偏房的厕所,然后刚好来得及在厨房门打开的那一瞬间回过身,对出来找父亲的弟弟露出微笑，然后进了屋。

"你想知道那顿晚餐他们都吃了什么吗？"西密问儿子，"你想知道他们都回忆了什么，又发了些什么誓吗？他们喝了葡萄酒，这我知道。'喝啊，喝啊。'奶妈说。桌上有鸡肉，有山羊肉汤。在那个物资贫瘠的时代，他们的茶里还放了糖。"西密指向店里的水果，"在厨房的地上，就在小女孩的摇篮边，还有一篮苹果，就那么随随便便地放着。坦德勒已经不知道有多少年没吃过苹果了。"

坦德勒将苹果篮拿到了餐桌上。全家人大笑着看他用小刀削下苹果皮，先把皮都吃了，然后才吃果肉，最后把果核和种子也吃得一干二净。那是一场欢乐的庆祝晚宴。到了最后，坦德勒教授吃得肚皮滚圆，喝酒醉得快要睁不开眼睛。他简直无法相信之前自己所听到的那一切。

他们彼此拥抱亲吻，然后坦德勒作为主人睡进了二楼的主卧，也就是他父母以前睡的房间。两个男孩睡在走廊对面的房间里，奶妈、丈夫和小女孩则睡在一楼的厨房（最暖和的地方）。

"睡个好觉，"阿努什卡说，"欢迎回家，儿子。"她慈祥地亲吻了坦德勒的双眼。

坦德勒上了楼。他脱下衣服，上床躺下了。过了不久，阿努什卡探进头来，问他够不够暖和，需不需要点盏灯看看书。她所看到的就是好好躺在被窝里的坦德勒。

"不用，谢谢。"他说。

"这么客气？用不着谢我，"阿努什卡说，"你只要说'好的,母亲''不行,母亲'就行了,独自重返家乡的可怜孩子。"

"不用点灯,母亲。"坦德勒说,阿努什卡关上了门。

坦德勒下了床,穿好衣服。他毫无愧意地把整个房间都搜了一遍,寻找着值钱的东西,洗劫了自己的家。

然后他静静等待。他等整个房子都安静下来,墙壁在风中微微凹陷,开裂的地板发出最后的吱呀声。他等母亲阿努什卡陷入沉睡,等那位本来决心熬夜的兄弟——这辈子都没经历过真正生死关头的兄弟——终于安心睡去。

坦德勒一直等到自己也快要睡着,然后把两只鞋用鞋带系在一起,搭到肩上。他用一只手抓住枕头,另一只手悄无声息地给手枪上了膛。

然后坦德勒拿着枕头把整座房子都走了个遍,所到之处散落一地鹅毛。他对着两个男孩各开了一枪,对父亲开了一枪,又对母亲开了一枪。然后他站在温暖的厨房里,枪里只剩下一发子弹,保护他在路边露宿时不受侵扰。

坦德勒把最后这颗子弹射进了小女孩胖乎乎的身体,因为他不知仁慈,也不想留下活口,为日后埋下复仇的隐患。

・・・

"他杀死了他们,"艾加说,"他是个杀人犯。"

"不,"父亲告诉他,"他并不想这么做。"

"没区别,那仍然是谋杀。"艾加说。

"如果是谋杀,那也是公平的谋杀。他们先杀死了他,他有权复仇。"

"但你总是说……"

"前因后果。"

"但是那个婴儿,那个小女孩。"

"婴儿是最难理解的,我承认。但这应该是留给哲学家的问题了。这是理论难题在血肉之躯上的体现。"

"但这不是理论上的问题。这些农民,他们可没杀死过他的亲人。"

"半夜他们就会来杀他了。"

"他可以逃走,可以在听到那些对话的时候就跑掉,而不是跑到厕所门口,只为骗过那个男孩。"

"也许他已经没有力气再跑下去了。总之,你知道什么叫一报还一报吗?你知道所谓'正当防卫'的概念吗?"

"你总是为他说话,"艾加说,"你也经历过那些苦难——但你不像他那样,你不会做出他做的那些事。"

"很难预料任何一个人在某种具体情况下的行动。而你呢,被我宠坏的儿子,对于一个只经历过野蛮世界的小男孩,你不能用文明社会的规则来评判他。也许应该为那些死亡负责的,是那个杀死坦德勒一家的系统。它没能杀死坦德勒教授。系统出了错,不小心放走了他。他回到了这个世界,却再也适应不了这里的生活。"

"你是这么想的?"

"这正是我想问的。我问你，艾加，如果你是那天晚上的坦德勒，你会怎么做？"

"不杀人。"

"那你就会死。"

"只杀大人。"

"但要划开坦德勒喉咙的是个未成年的男孩。"

"只杀死会伤害他的那些人？"

"那也还是谋杀，还是把尚未做出实际行动的人在睡梦中杀死。"

"我想，"艾加说，"我明白他们是罪有应得，那四个人。我知道，如果是我，我可能也会杀了他们。"

西密摇了摇头，显得很悲伤。

"我们是什么人，儿子？我们怎么能决定别人的生死？"

· · ·

就在这一天，艾加·基色也成为了哲学家。不是坦德勒教授那样，在山上的大学教课；而是像他父亲那样，具体而务实。艾加不肯上完高中，也不肯上大学。除了参军那三年，他这辈子都会当个快乐的小贩。他会把水果堆成金字塔，认真地思考沉重的问题。如果能想出答案，艾加就会尽量用这些答案改善自己和他人的生活，不管这种改变有多么微不足道。

也是在这一天，艾加做出了自己的判断：坦德勒是杀人犯，但同时也是个可怜人。他觉得自己已经明白了为什么坦德勒教授会杀死奶奶一家,为什么穿上军装的人——甚至和敌人穿着同样的军装——会丧失所有的同情心。艾加也明白,坦德勒的故事其实差一点就成了他人生的最后一个故事。那天晚上,教授睡在父母的房间里,睡在父母的床上。其实他很容易就会变成自杀者,手里拿着把还有四颗子弹的枪——那第一颗子弹差一点就射进他自己的头颅。

每到星期五,艾加都会一如既往地装好给坦德勒的水果和蔬菜。他会按时令在里面加上个菠萝,或者几只滴着蜜的大芒果。把包裹递给坦德勒时,艾加会说:"来,教授。拿好。"这惯例从未变过,即便是在他父亲去世之后。

## 短经典精选系列

**走在蓝色的田野上**
〔爱尔兰〕克莱尔·吉根 著 马爱农 译

**爱,始于冬季**
〔英〕西蒙·范·布伊 著 刘文韵 译

**爱情半夜餐**
〔法〕米歇尔·图尼埃 著 姚梦颖 译

**隐秘的幸福**
〔巴西〕克拉丽丝·李斯佩克朵 著 闵雪飞 译

**雨后**
〔爱尔兰〕威廉·特雷弗 著 管舒宁 译

**闯入者**
〔日〕安部公房 著 伏怡琳 译

**星期天**
〔法〕伊莱娜·内米洛夫斯基 著 黄荭 译

**二十一个故事**
〔英〕格雷厄姆·格林 著 李晨 张颖 译

**我们飞**
〔瑞士〕彼得·施塔姆 著 苏晓琴 译

**时光匆匆老去**
〔意〕安东尼奥·塔布齐 著 沈萼梅 译

**不中用的狗**
〔德〕海因里希·伯尔 著 刁承俊 译

**俄罗斯套娃**
〔阿根廷〕比奥伊·卡萨雷斯 著 魏然 译

**避暑**
〔智利〕何塞·多诺索 著 赵德明 译

**四先生**
〔葡〕贡萨洛·曼努埃尔·塔瓦雷斯 著 金文彪 译

**房间里的阿尔及尔女人**
〔阿尔及利亚〕阿西娅·吉巴尔 著 黄旭颖 译

**拳头**
〔意〕彼得罗·格罗西 著 陈英 译

**烧船**
〔日〕宫本辉 著 信誉 译

**吃鸟的女孩**
〔阿根廷〕萨曼塔·施维伯林 著 姚云青 译

**幻之光**
〔日〕宫本辉 著 林青华 译

**家庭纽带**
〔巴西〕克拉丽丝·李斯佩克朵 著 闵雪飞 译

**绕颈之物**
〔尼日利亚〕奇玛曼达·恩戈兹·阿迪契 著 文敏 译

**迷宫**
〔俄罗斯〕柳德米拉·彼得鲁舍夫斯卡娅 著 路雪莹 译

**奇山飘香**
〔美〕罗伯特·奥伦·巴特勒 著 胡向华 译

**大象**
〔波兰〕斯瓦沃米尔·姆罗热克 著 茅银辉 易丽君 译

**诗人继续沉默**
〔以色列〕亚伯拉罕·耶霍舒亚 著 张洪凌 汪晓涛 译

**狂野之夜：关于爱伦·坡、狄金森、马克·吐温、詹姆斯和海明威最后时日的故事（修订本）**
〔美〕乔伊斯·卡罗尔·欧茨 著 樊维娜 译

**父亲的眼泪**
〔美〕约翰·厄普代克 著 陈新宇 译

**回忆，扑克牌**
〔日〕向田邦子 著 姚东敏 译

**摸彩**
〔美〕雪莉·杰克逊 著 孙仲旭 译

**山区光棍**
〔爱尔兰〕威廉·特雷弗 著 马爱农 译

**格来利斯的遗产**
〔爱尔兰〕威廉·特雷弗 著 杨凌峰 译

终场故事集
〔爱尔兰〕威廉·特雷弗 著 杨凌峰 译

令人反感的幸福
〔阿根廷〕吉列尔莫·马丁内斯 著 施杰 译

炽焰燃烧
〔美〕罗恩·拉什 著 姚人杰 译

美好的事物无法久存
〔美〕罗恩·拉什 著 周嘉宁 译

魔桶
〔美〕伯纳德·马拉默德 著 吕俊 译

当我们不再理解世界
〔智利〕本哈明·拉巴图特 著 施杰 译

海米的公牛
〔美〕拉尔夫·艾里森 著 张军 译

对不起，我在找陌生人
〔英〕缪丽尔·斯帕克 著 李静 译

爱因斯坦的怪兽
〔英〕马丁·艾米斯 著 肖一之 译

基顿小姐和其他野兽
〔安道尔〕特蕾莎·科隆 著 陈超慧 译

在陌生的花园里
〔瑞士〕彼得·施塔姆 著 陈巍 译

初恋总是诀恋
〔摩洛哥〕塔哈尔·本·杰伦 著 马宁 译

美好事物的忧伤
〔英〕西蒙·范·布伊 著 郭浩辰 译

一切破碎，一切成灰
〔美〕威尔斯·陶尔 著 陶立夏 译

纵情生活
〔法〕西尔万·泰松 著 范晓菁 译

命若飘蓬
〔法〕西尔万·泰松 著 周佩琼 译

**爱，趁我尚未遗忘**
〔海地〕莱昂内尔·特鲁约 著  安宁 译

**水最深的地方**
〔爱尔兰〕克莱尔·吉根 著  路旦俊 译

**石泉城**
〔美〕理查德·福特 著  汤伟 译

**哥哥回来了**
〔韩〕金英夏 著  薛舟 译

**他们自在别处**
〔日〕小川洋子 著  伏怡琳 译

**恋爱者的秘密生活**
〔英〕西蒙·范·布伊 著  李露 卫炜 译

**在奥德河的这一边**
〔德〕尤迪特·海尔曼 著  任国强 戴英杰 译

**当我们谈论安妮·弗兰克时我们谈论什么**
〔美〕内森·英格兰德 著  李天奇 译

**死水恶波**
〔美〕蒂姆·高特罗 著  程应铸 译

**一个自杀者的传说**
〔美〕大卫·范恩 著  索马里 译